がばいばあちゃんの 幸せのトランク

佐贺阿嬷
幸福旅行箱

〔日〕岛田洋七 著　李炜 译

南海出版公司

新经典文化股份有限公司
www.readinglife.com
出　品

佐贺阿嬷　幸福旅行箱

妈妈，我好想你

佐贺阿嬷

幸福旅行箱

前 言

大家好，我是岛田洋七。谢谢大家阅读我的这本书。

在正文开始之前，我想先简单介绍一下这本书。

我于二〇〇一年出版了记录小时候的故事的《佐贺的超级阿嬷》，因为我希望大家都能了解养育我的超级（厉害的）阿嬷的故事。

结果，阿嬷的故事深受大家喜爱，在二〇〇六年春天被改编成了电影。竟然如此受欢迎，我在惊讶的同时，也有种不出所料的感觉。

我的阿嬷确实是一个如此有魅力的人。但我依旧深深体会到了人生有多么不可思议。

当我的成绩单上都是一分或二分时，阿嬷总会安慰我："不要紧，不要紧，这些加起来就有五分了。""人生就是总和力。"而成绩如此糟糕的我，自从出版了《佐贺的超级阿嬷》，竟然被邀请去演讲。

我在漫才①热潮中曾经像偶像一样大红大紫（现在的年轻人或许不知道，但确实有过那样的时代），竟然大谈自家的贫穷往事，说

---

① 日本曲艺之一，类似中国的对口相声。

实话，我曾经感觉很没面子。如果可能的话，真希望用橡皮将那些凄惨的往事擦掉。

作为艺人，我也曾经想展示自己光彩而阔绰的一面，比如说大把大把地花钱、身边总是环绕着美女等，因此总是专挑好的地方说，说大话吹牛皮。

但是，这次我已下定决心。

即便在相声热潮中，我也有一大堆不体面和脆弱的地方。

不论我怎样不争气，一如既往地给予我鼓励的，还是阿嬷和我的家人。

对于总爱说大话逞强的我来说，虽然有些不好意思，但为了那些希望继续看到阿嬷的故事的读者，我又鼓足勇气拿起了笔。

我想，阿嬷的话语肯定还会鼓舞广大读者。

那么，《佐贺的超级阿嬷》的续篇即将开始了。

序 幕

我就是德永昭广，在很小的时候，我父亲就因为遭受核辐射离开了人世，从小学二年级到初中三年级，我一直被寄养在佐贺的阿嬷家。

妈妈不在身边确实让我万分寂寞，但和贫穷而乐观的阿嬷在一起生活，每一天都很快乐，我在不知不觉中喜欢上了佐贺。

我曾做梦都想和广岛的妈妈一起生活，但后来甚至萌发了留在佐贺读高中的想法，可见我当时在那里的日子是多么开心。

但是，当知道自己能作为棒球队特招生进入广岛的广陵高中时，我还是决心要离开佐贺。

是的，我的梦想是打进甲子园高中棒球联赛，而且要成为职业棒球选手。十五岁的我，满心欢喜地向梦想迈出了第一步。

广陵高中不愧是棒球名校，棒球队的训练十分辛苦，当然我没有任何抱怨。

日复一日，每天都从早到晚刻苦训练，真的很像体育题材的励志电视剧。不过，没想到却是一出走悲情路线的电视剧。

因为受了重伤，我不得不放弃打棒球。

到了高中二年级，我依然没有踏上一直憧憬的甲子园赛场。懊悔和悲伤之类的词甚至都不足以形容我低落的情绪。

从放弃这个梦想开始，到毕业的那天，我都不敢去看在操场上训练的棒球队。

现在想想，我余下的高中生活就像一潭死水，尽管我继承了阿嬷开朗的性格。虽然不至于每天垂头丧气地过日子，但我并没有勤奋学习，也没去寻找其他的爱好，只是终日无所事事。

高中毕业后，我仍然持续着这种状态，尽管进了广岛的一所大学，但只读了两个月就退学了。

妈妈独自一人含辛茹苦地把我和哥哥拉扯大，知道我退学的消息后，不知为什么并没有责备我，尽管我浪费了数十万日元的学费。

后来，我省悟到不能总是游手好闲，便开始在蔬菜店打工。

这本来是随便找的一份工作，但感觉还算有趣。拿到驾照后，我除了在店里工作，也去其他地方卖菜，干劲十足，后来竟能领到在当时很罕见的六万日元的月薪（我记得那时广岛普通工人的月薪大约是三万日元）。

我平日里忙着工作，每逢休息日，就开着用积蓄买的二手日产公爵车四处兜风。

在周围的人眼中，我似乎总算重新稳定下来了。

但是，在那段看上去一帆风顺的日子里，我心底依然有一团挥之不去的阴影。

"早稻田的田中，作为第二名击球员连续打出本垒打！"

"法政的山本，没给对方任何得分的机会！"

每当看到曾经的队友成为报纸上的焦点人物，我心中的阴影就会变成一团无法言说的迷雾，一直涌到喉咙口。

在我上高中三年级的时候，广陵高中在甲子园大赛中打进了半决赛，和我同级的棒球队队员纷纷被名牌大学相中。

梦想破灭的巨大失落感依然笼罩着我的内心。在这样的心情之中，日子一天天地过去，我迎来了十九岁的夏天。

一到夏天，在东京或大阪上大学的老同学便陆续放假回到故乡。当然，棒球队的铁哥们儿也不例外。大家自然会在一起聚聚。

"东京真的很好。"

"大城市太有趣了。"

朋友们滔滔不绝地议论着，眉飞色舞的脸上挂着灿烂的笑容。我却觉得连引以为豪的爱车也黯然失色。

我整天系着印着白色的酒厂或酱油公司名称的藏青色围裙，站在蔬菜店门前，此时突然意识到自己境遇的凄惨。

于是，我辞去了蔬菜店的工作，发动汽车朝佐贺奔去。

我希望能摆脱这种说不清道不明的烦闷。

阿嬷肯定能给我答案！

一 和命运恶作剧的相遇

阿嬷还很年轻时，外公便撒手人寰。她在学校做清洁工，一个人抚养以我妈妈为首的七个子女。

阿嬷从来不会怨天尤人。尽管生活极为贫困，甚至还要从家门前的小河中，捞起上游市场卖不出去的弯曲的黄瓜和分叉的萝卜当菜吃，但阿嬷天性乐观开朗，说小河是"自家的超市"，还说"送货上门，又不收运费"，一笑了之。这些在《佐贺的超级阿嬷》中都有详细的叙述，可以去看看那本书。

后来阿嬷和大舅一家住在一起，按说经济上没有任何问题，但她依然继续做着辛苦的清扫工作，声称工作是为了健康。

十九岁的夏天，我怀着凄凉的心情来到佐贺，对阿嬷坦白说自己辞去了蔬菜店的工作。结果，阿嬷竟然满不在乎地说"既然已经辞了，那就没办法了"，还哈哈大笑，让我甚至有些失望。

于是，我发觉这么自寻烦恼简直太愚蠢了。

和阿嬷聊天总是这样，尽管没有解决任何问题，却能让人莫名其妙地涌出生活的力量。

我又来了精神，心想既然好不容易到了佐贺，不如去找上中学时的好朋友——家里开干洗店的桥口君。

桥口是我的恩人。上初中时，我是棒球队队长，每个周末，他都偷偷把我的制服塞进他家店里堆积如山的脏衣服中，还对我说：

"棒球队队长可不能邋邋遢遢的。"

我们好久没见面了，感觉有一肚子的话要说，便决定去咖啡店聊个痛快。

刚推开咖啡店的门，就看见五六个女孩正围坐在桌边，其中一个人开口招呼道："桥口君！"

桥口笑着答应了一声。

"他是谁？"那个女孩看着我问桥口。

"德永君，我广岛的朋友。"

听到回答，几个女孩突然都满怀兴致地把目光转向我。

一个女孩说："真厉害，大城市来的。"

其他女孩也随声附和。"哇！快说两句广岛话听听。"

在广岛，我曾十分羡慕那些去了东京和大阪的同学。而在佐贺，广岛似乎还算是充满魅力的大都市。

最后，我们和那群女孩坐在一起，热热闹闹地度过了快乐的两个小时。

到了第二天，我去了位于车站前的百货公司，在领带柜台转来转去，假装挑选东西。

昨天那群女孩中，有一个让我心跳加速。听说她在百货公司的领带柜台上班，我就兴冲冲地来了。

仔细想来，我那时本来应该陷在苦恼不堪的情绪中，看来我真是个能很快恢复的人。

我一边假装挑选领带，一边四处张望，却怎么也找不到那张可爱的脸庞。

"真奇怪。"

突然，不经意间，我发现了一张眼熟的面孔。

她不是我仰慕的那个女孩，但昨天也在咖啡店出现过。她正在柜台的一角仔细地整理发票。

"打扰一下。"我鼓起勇气，想打听一下那个我一见钟情的女孩。

"啊，是昨天那位广岛来的。"

还算幸运，她立刻认出了我。

"怎么了？"

见她满脸惊讶地这样问，我不知所措地挠着头支支吾吾："这个嘛……好像是在这里……有一位……"

她突然意味深长地笑了，用开玩笑的口气说："因为她可爱，才来这里的吧？"

怪不得能让我心动，看来那个女孩在领带柜台也十分受欢迎。

整理发票的女孩带着有点同情的语气说："她今天好像休息。"

"哦。"

或许见我明显流露出失望的神色，女孩热心地说：

"我叫副岛律子，在这家百货公司的财务科上班。我帮你打听一下她什么时候在，明天你给我打电话吧。"

次日，我便回到了广岛，按照副岛告诉我的号码打通了电话。

但是，我喜欢的女孩还没有休完假。

"呃，明天我能再打电话吗？"

因为实在是不甘心，我厚着脸皮问道。

"可以。不过，能在十二点半到一点之间打吗？那是午休时间，我会尽量回来。"

副岛痛快地答应了。

没有工作、赋闲在家的我，第二天十二点半准时拿起电话。

"听说她要休息一周左右。"

"哦……"

这次，我无论如何也不好意思再提出明天打电话的要求了。但是，副岛又热心地给我出主意。

"如果方便，能在晚上往我家打电话吗？我打给她家里，直接问问情况。我七点半能回家。"

我又接受了她的好意。

七点半，我拨通了副岛家的电话，结果她告诉我，我的意中人得了重感冒。

"这个……我可以再打给你吗？"

"可以。"副岛爽快地答应了。

从此以后，我和她开始每天通电话。起初还会谈到我心仪的那个女孩。

"她的感冒怎么样了？"

"今天还在休息。"

但是说过三四次后，不知是谁先开始换了话题，那个女孩子的情况不再是我们的谈话中心了。

是的，我的心逐渐开始向热心肠的副岛倾斜。

她和我同岁，而且毕业于佐贺商业高中。我有几个初中同学和她是校友，所以，她似乎觉得和我很亲近。围绕着老同学，我们聊得热火朝天。

"你认识冈村君和松本君吗？"

"啊，都是棒球队的。"

"是的，是的。上初中时我是棒球队队长，松本是副队长，大家都说松本是佐贺头号接球手。"

聊着聊着，我把自己心中的懊恼和盘托出，我告诉她，我的朋友们都在早稻田或法政大学的棒球队大显身手，自己却因为伤病没能参加甲子园大赛。

她也对我敞开了心扉，开始诉说自己的苦恼：

"每天都无聊透顶。不是从家到公共汽车站，就是从百货公司到公共汽车站。每天坐着公共汽车到百货公司，工作一天，最后再坐车回家。啊，太无聊了！"

她的朋友中也有人在大阪和东京上班或上学，她似乎很羡慕。看来我们的境遇非常相似。

不知从什么时候起，我开始称呼她为"阿律"。

"咱们结婚吧。"

"嗯。"

尽管两个人只是用电话联系，不知为何竟突然冒出了这样的话。

用现在的话说，这就是远距离恋爱。不过，只打电话未免太乏味了。

"阿律，你下次什么时候休息？"

"九月的某天。"

"咱们去兜风吧。"

"嗯。"

这时，距离我们第一次打电话，已经过去了一个半月。

我欣喜若狂，阿律似乎也一样。为了能尽情享受约会的快乐，她居然设法请了连休的假期。

我们决定一大早在她工作的百货公司前碰头。

我穿着当时流行的牛仔背带裤，开着日产公爵来到百货公司，怀里还抱着阿嬷家的小狗，作为时髦的小道具。

可是，那时我突然意识到一个问题：

"阿律到底长什么模样？"

尽管我们在电话里卿卿我我地说着"喜欢你"、"我也是"，但我们在一起的最长的时间，就是在咖啡店的两个小时。而那时，我全部的注意力都集中在领带柜台的那个女孩身上，第二天也只是在百货公司匆匆看了阿律一眼。从那以后又过了两个月，不可能清清楚楚记得她的长相。

我抱着小狗，感到束手无策，但依然想设法寻找阿律。正当我四处张望时，迎面走来一位笑吟吟的女孩。像条件反射似的，我也给了她一个微笑。

"忘记我的长相了吧？"

"呃，对不起。"

这就是我和阿律首次约会时的第一句话。

我们先把狗放回家，然后去了很远的唐津海边。大海一望无际，海水湛蓝，海滨酒店就像外国电影里的那样时髦。

面对此情此景，我们欢呼雀跃。简直像青春剧一般，我们手拉手奔跑在白色的海滩上。

"阿律，快跑。"

"对，在那儿回头！"

我让阿律在海滩上奔跑，或者像杂志模特那样摆出漂亮的姿势，自己不停地按动相机快门。当然，也拜托其他游客为我们拍下了亲密地依偎在一起的照片。

但是，我们没能看到那些照片，因为胶卷没有装上。

当时没有数码相机，相机都要用胶卷。而且，胶卷不能自动上卷，如果是外行，很容易因为胶卷没有装上导致前功尽弃。

我们十分清楚这一点，为了避免错失珍贵的纪念照片，还专门去照相馆请人安上胶卷。然而……

胶卷没有放好，我们还能摆出那样漂亮的姿势和笑容，真让人一想起来就面红耳赤。

虽然有这样的意外事件，但我和阿律真的十分投缘。

这并不是因为趣味相投，也不是刚好喜欢对方那种类型的长相，而是因为我们俩都有想去大城市的强烈愿望。

"还没去过东京，真想去看看啊。"我说。

"我也想去。"阿律蛮有兴致地附和着。

"如果是这样，那我们真的结婚吧？"

我嘴里竟然轻声冒出这样的话。

"好。结婚！结婚！"

阿律的积极态度让我吃惊不小。

"嗯，还必须告诉家里人。"

"嗯。"

"阿律，跟我去广岛吗？"

"去，去。"

进展太顺利了！于是，我们当即决定从唐津去广岛，路上要用五个小时。

看来今天无法再回佐贺了，律子在中途给她的弟弟阿通打了电话，让他转告父母，自己今天住在朋友家里。听说阿律平日里经常给弟弟零花钱，还给他买各种东西，因此弟弟很听阿律的话。

这样一来，我甚至觉得阿律能连休都是命运的安排。被命中注定的相遇联结在一起的我们，就要闪电一般地走入婚姻了！

一到家，我就把阿律介绍给妈妈和哥哥，并宣布："我想结婚。"

当时，妈妈和我与哥哥和嫂子住在一起。

听了我的话，妈妈干脆地说："连工作都没有，结什么婚？是吧，律子小姐？"

令我惊讶的是，律子竟然答道："是啊。"

是啊？在唐津海边，你不是已经满口答应要和我结婚了吗？

但是，没有人理睬我心中的呐喊。

"这可不是开玩笑的，律子小姐。"

"你心里也觉得很不踏实吧，律子小姐？"

"为了她，你必须马上找份工作。"

随后，家人开始七嘴八舌地责备我，不断地表达对阿律的同情。阿律也一直说着："是啊……"

最后，大家决定当天让阿律住下，第二天就送她回佐贺。我们就这样踏上了回佐贺的归途。

即便如此，我还是不想和阿律分开，中途绕路去了动物园。

"阿律，回到佐贺后，不管结果怎样，我都希望能和你父亲谈谈。"

"谈些什么呢？"

"我去请求他允许我们结婚。"

"可是……我爸很吓人哦。他是个身材高大的渔夫。"

未来的岳父是位渔夫？我直到此刻才知道这个事实。我是被阿嬷和妈妈这样的女人养大的，一听到渔夫这个词儿，眼前就浮现出一个粗暴蛮横的形象，感觉十分恐怖。

但是不能就这样打退堂鼓，我像给自己鼓劲似的说：

"这个嘛，或许越是这样的人越和蔼。"

"可是，你工作的事怎么说呀？"

昨天家人提出的反对理由，我自己也觉得合情合理（估计阿律也是这样认为的，所以才会回答"是啊"），一直在考虑对策。

"我打算说，现在虽然没有工作，但结婚以后去了东京，就会努力找份正经工作。"

"这样啊。那你就去见见他？"

结果，阿律的父亲……

"浑蛋！"

我只听到了从屋里传来的一声让人毛骨悚然的怒吼，最终也没能见到她父亲。

想想也是，这个男人第一次被女儿带回家，竟然就敢提出结婚的请求，作为父亲，当然不想和这样的人见面了。

但是，我当时光顾着头脑发热，根本没意识到这些事情。

二　意外的私奔

回到广岛，我依然整日无所事事。但是，到了第二年的春天，我突然对家人宣布：

"我打算去东京。"

原以为肯定会遭到家人的指责，比如"整天就知道做白日梦哪"，"还是早点找份踏实的工作吧"。

但是，大家居然说："知道了，好好努力吧！"

家人竟然鼓励我，真是让我为难。

这是为什么呢？实际上，去年夏天，精神极度亢奋的我被阿律的父亲赶出家门后，曾和阿律约定要私奔。

"我要去东京，咱们一起去吧。大城市很有意思呢。"

那个时候，这些话不假思索地从我嘴里冒了出来。

"嗯，我也想去，什么时候走？"

即便要做出如此重大的决定，阿律依然回答得干脆利落。

我绝非不负责任地追求阿律，可一旦被问到具体日程，也确实有些畏缩。"我先回广岛，然后再联系你。"

"好吧，我等着。"阿律认真地点点头。

我当然也不愿和阿律分离。但是，在一个人回广岛的车上，我开始感觉对阿律的责任越来越大，肩头越来越沉重，这也是事实。我一方面希望和阿律一起去东京，另一方面又有些害怕。

这是我的真心话，尽管不那么光彩。

从那以后，我们依然每天通电话，有时我也去佐贺看阿律，阿律则一直翘首企盼着我去接她。

我也不能什么都不做，于是卖掉了爱车，对她说：

"车已经卖掉了，手头有钱啦。"

听起来，我似乎在一步步地做着私奔的准备。

私奔本来应该偷偷摸摸，我却故意公然宣布。或许在潜意识中，我希望家人能反对和阻止吧。

但是，当我说要去东京时，他们的回答竟是："那你好好努力吧。"

我并没有明说要和阿律私奔，但我去东京既不是上学，也没有在那儿找到工作，一般情况下家人应该反对才是。当时在广岛人看来，东京虽然繁华，但也是个让人恐惧的大都市。

我确实很为难。既然已经说要去了，碍于面子，我也不能不去。

一直考虑到半夜，最后，我开始往旅行包里塞行李。

其实我并没有下定要走的决心。如果半夜三更偷偷溜出去，显然就是离家出走了，那样家人肯定会阻止我。

因为没有当真，我便从衣柜里胡乱拽出一些换洗的衣服，塞进旅行包。后来感觉行李过于寒酸，又开始在壁橱里稀里哗啦地翻找，想再找一些零碎东西。就在这时，我发现行李不知不觉增多了。

"奇怪。"我揉揉眼睛，是眼花了吗？突如其来地，不知从哪里伸来一只手，往包里塞进一台半导体收音机。

"妈，你在干什么？"

回头一看，发现妈妈、哥哥还有嫂子都在，全家人都拿着毛巾、手电筒之类的东西站在那里。

"我觉得这个也能用得着。"

"这个很方便，还是带上吧。"

他们你一言我一语地说着，纷纷把手里的东西往旅行包里塞。看样子大家都心情不错。

即使再想得开，也该适可而止吧？你的儿子、你的弟弟正打算离家出走哪！这是什么态度？

我突然觉得十分荒谬。"真是的，你们随便折腾吧。"说完，我拉过被子蒙头大睡。

但是，可不能小瞧我的家人。到了第二天，事态更加严峻。

"昭广，快起床！"一大早，我就被妈妈摇醒，一看表，才六点。我既不上学也不上班，这可不是起床的时间。

我不耐烦地又钻回被窝，结果妈妈说：

"如果不快点去，就要迟到了！"

"什么呀？"我懒懒地问。妈妈的回答让我无法相信自己的耳朵。

"离家出走呀！"

离家出走……可没有迟到一说吧。我这样想着，猛然坐起身。

"离家出走有什么迟到不迟到的？！我可不去什么东京！"

说完这话，我盖上被子，咕咚一声又躺下了。

"男人一旦说出口，就要坚持做到底。"

妈妈依然没有死心。我一直毫不理会地躺在那里，结果妈妈硬生生地把我从被窝里拽了出来，还煽动我说："大城市十分有趣，肯定适合你。东京在等着你呢，你适合在东京发展。"

正在这时，楼下响起了喇叭声，哥哥的喊声也随即传来："喂，车已发动好了。"

我稀里糊涂地拿着硬塞到手里的旅行包和临别礼物，被推上了哥哥的汽车。

到了广岛车站，妈妈率先奔向售票口。

"昭广，买到哪儿的票？先去大阪，还是一口气到东京？"

她似乎连车票都要热心地替我买好。

"去佐贺，我要先和阿嬷打声招呼再走。"我说。

"唔，这样也好。"

妈妈没有丝毫怀疑，微笑着给我买了去佐贺的车票。

"给你，昭广。"

接过妈妈递来的车票，我终于下定决心。

这是命运的安排。是的，肯定是这样。

我的家人却丝毫不知道我正沉浸在这样的感慨中，把我塞到车里，扭头就走，连"注意身体"和"多保重"之类的叮嘱也一句都没有，而且火车还没有开呢。

我打开车窗，冲着站台上三个人的背影喊道：

"至少也挥挥手呀！"

三个人扭过头，一边捧腹大笑，一边向我挥手。

车开了。他们还在那边笑得东倒西歪。

不知不觉地，我流出了泪水。

后来我才听说，原来妈妈他们做梦也没想到我会真的离家出走。他们本想逗逗我，以为我只是去一趟佐贺，过两三天就会回家。

到佐贺后，我马上打电话给阿律，说好等她下班后见面。

"你要辞去百货公司的工作，应该跟上司说清楚。"

听我这么一说，阿律竟然语出惊人：

"说是要说的，不过当天说最好。如果提前打招呼，百货公司的人会觉得奇怪，有可能同我家里联系，那样咱们就走不成了。"

听她一说，我也开始觉得，如果不早点走，计划恐怕会暴露，被家人阻止，那就麻烦了。

于是，我们决定第二天晚上离开佐贺。但我还是想和阿嬷打声招呼，而且，我也想把自己选择的阿律介绍给阿嬷。

"接下来去我阿嬷家吧。"我说。

阿律一如既往地说着"去，去"，高高兴兴地跟着我去了。

"阿嬷，我想和她去大城市。"

听到我突然说出这样的话，阿嬷笑容可掬地答道：

"按你自己的想法走自己的路吧。"

接着，阿嬷又扭头看着阿律，问："你叫什么名字？"

"律子。"

"噢，律子小姐，昭广就拜托你了。"

阿律看到初次见面的阿嬷竟然朝自己低头致意，一时有些不知所措。她羞涩地点点头。"嗯。"

然后，阿嬷又转向我，说：

"昭广，你去东边吧，东边的日薪高。你没学问，还是去那儿吧。"

阿嬷每天早晨都会把报纸从头读到尾，对日本的经济形势一清二楚。可是，竟然在女朋友面前说我"没学问"，我不由得想反驳几句。

"阿嬷，我小的时候，你不是说过'别太用功，太用功会变成书呆子'吗？"

"你要真成书呆子就好了，哈哈。"

我心里不服气，接着说：

"可是，当我说不懂英语时，你让我在答卷上写'我是日本人'。当我说不太会写汉字时，你让我写'我可以靠着平假名和片假名活下去'。当我说讨厌历史时，你让我写'我不拘泥于过去'。"

"昭广，难道你当真了？"阿嬷竟然这样说。

"啊？"

"上高中后，你也没好好学习吧？"

"嗯。"

"这孩子，真是太傻了。"

说到这里，我、阿嬷和阿律都大笑起来。

尽管遭到众人的反对，第二天又要离家出走，可当时的氛围却那么温馨。我想，看来把阿律带过来是对的。

笑过一阵子，阿嬷对我们说：

"婚姻啊，就像是两个人拖着一个旅行箱，里面装满了幸福和辛苦，两个人必须齐心协力把旅行箱拖到最后。如果其中一个人松开了手，就会重得拖不动。"

我想，阿嬷肯定很爱外公，肯定希望和外公一起拖着旅行箱往前走。但是，外公早早去世了，阿嬷必须一个人拖起沉重的旅行箱走下去。所以她教导我们，绝不能松开手。

第二天，我马上去阿律供职的百货公司买旅行箱。

尽管阿嬷只是给我打个比方，但既年轻又没学问的我可搞不懂这些（我在二月份迎来了生日，刚满二十岁）。总之，既然阿嬷说了，那就要买旅行箱。

从没买过旅行箱的我分不清好坏，想到要一直带在身边，就挑选了一个布料看上去很结实的、带轮子的方形旅行箱。

然后就该买旅行箱里放的东西了。那个胡乱塞了些东西的旅行包已经留在阿嬷家里。我想到什么就买什么，然后装进旅行箱，开始和阿律的新生活。

五双袜子、五件衬衣，还有崭新柔软的毛巾……

我从来没一次买过这么多东西，感觉异常兴奋。

吹着口哨路过领带柜台时，我不经意间发现，为我和阿律"牵线搭桥"的那个女孩就在那里。

阿律五官端正，看上去聪明伶俐，算是位美女。而那个女孩的长相也的确很有味道，脸圆圆的，十分可爱。

"呃，本来想和你一起走的。"

当时，我竟然还会生出这样的想法。

午休的时候，我和阿律在百货公司附近碰面，然后把她的行李也装进了旅行箱。

看着装着两个人行李的旅行箱，我们都露出了微笑。

"永永远远地带着它一起往前走。"

尽管没有说出口，但我们当时肯定都怀着这种心情。

很快要到阿律的下班时间——六点五分了。刚到六点，阿律就走到科长面前，说："科长，我想辞职。"

"啊？要结婚了吗？"

"嗯，过一段时间吧。"

"是吗？一年后？"

"不是。"

"还要早？"

"是的。"

"那，半年后你要辞职？"

"不是，还要早一些。"

"还早……那一个月后？这也太突然了。"

"不是，是现在。"

"什么？"

"就是今天，再过三分钟，请允许我辞职！"

这一幕听起来简直像滑稽剧，真可惜没有亲眼看到当时的情景。

可怜的科长一直到最后都在替阿律担心。"你怎么了，不是要结婚吧？出什么事了吗？"

在百货公司前面拖着硕大的旅行箱等人未免太显眼了，于是，我先去了佐贺车站。

按照事先的约定，我买了六点二十分的车票，可总也不见阿律的影子。

"一个人拖着箱子太重了。"我孤零零地站在旅行箱旁边咕哝着。

到了六点十五分，阿律总算迎面走来。但是，本来是私奔，她身后却跟来了五个女孩。

她们都是阿律的同事。阿律突然辞职，大家都觉得很奇怪，所以死活不肯离开，最后就一起跟到了车站。五个人无一例外地用猜疑的目光盯着我。

"阿律，再重新考虑一下吧。"

"跟着这种来历不明的男人，你到底想干什么啊？"

"是啊，要和这种不知从哪儿来的野小子去什么地方？"

我被说得一无是处，但因为没有工作，没有丝毫辩解的余地。

但是，阿律依然斩钉截铁地说：

"我已经决定了，要和他走。"

似乎被阿律强硬的语气镇住了，大家再也没有说什么。

刚坐到座位上，阿律就递给我一个信封。

"打开看看。"

里面放着一张折叠着的信纸。

　　　让我们永不分离。

　　　一起乘火车，一起坐轮船，

　　　一起上坡，一起下坡，

　　　一起等信号灯。

　　　　　　　　　　　　　　　　　　律子

我吃惊地望向阿律，她正羞涩地笑着。

阿律从不说什么甜言蜜语，作为一个女孩子，性格可以说有些过于直率。这是她给我的第一封情书。

我的眼眶开始发热。

就在这时，火车咣当晃动一下，出发了。

"阿律，再重新考虑一下……"

"不要走啊！"

"在下一站就下车，赶紧回来呀！"

阿律的朋友们一边跟着火车奔跑，一边大喊。

我在心中说道："对不起。"

你们如此喜欢阿律，却让你们担心，真对不起。我肯定会让阿律幸福的。

这时，我又一次意识到了由于兴奋而慢慢淡忘的重责大任。

三 啊，通往梦想的东京的旅程

因为发车时间晚，我们打算先去博多。

火车驶过鸟栖时，阿律突然说："里面放了什么？让我看看。"

于是，我打开了旅行箱。

"这是什么？"

看到行李最上面摆放的竟然是饭匙、汤勺、礤床儿，阿律不禁目瞪口呆。这是我刚才等阿律时在杂货店买的。

我说："是这样的，阿嬷说要把所有东西都装进旅行箱，所以我就把需要的东西都放进去了。"

"这些东西，在大城市里也有卖的啊！"

阿律哈哈大笑，我却发自肺腑地觉得这是三件十分重要的物品。

从小在贫困中长大的我，深知"饮食"在生活中是多么重要。既然阿嬷说要把所有的东西都放到旅行箱里，吃饭的家伙自然必不可少。

而且，说到日本传统的饮食，当然是米饭和酱汤。吃米饭缺不了饭匙，喝酱汤少不了汤勺和礤床儿。

咦？为什么还要带礤床儿？

在阿嬷家里，擦碎的白萝卜泥是酱汤里必不可少的材料。在刚做好的酱汤里加入挤去水分的白萝卜泥，味道格外鲜美。乍一听似乎像特色菜，其实，不管白萝卜是弯曲的还是开叉的，只要把坏的部分切掉，擦成萝卜泥，就能一点不剩地全用上。这是阿嬷在贫困中诞生的智慧。

等我给阿律仔细讲解完，火车也已驶入博多站。阿律说先去她叔叔家。

"哎？没事儿吧？"

"没事，没事，只是顺便去一趟。我叔叔是航空公司的股东，肯定能帮我们搞到机票。"

不愧是公司的股东，阿律的叔叔住在一所大宅院里。

听说是从佐贺前来拜访的，他家的人立刻把我们带到摆放着气派沙发的客厅。

"叔叔，好久不见了。"

"啊，阿律呀，好久不见了。"

叔叔笑眯眯地和阿律打招呼，用锐利的目光看着我。

"他是我的朋友德永君。我们打算去旅行。"

"就你们两个？"

叔叔的表情更加严厉了。

"不是，在那边有一大群朋友在等着我们。"

我突然撒了个谎。

"那边？"

"……东京。"

"哦。"

叔叔冲我一瞪眼，我赶紧低下头。而阿律依然不紧不慢、十分自然地说："叔叔，有没有便宜的机票啊？"

叔叔似乎相信了一脸坦然的阿律，最终给了我们股东优惠券，这样从福冈到东京的机票就能用半价购买了。

"阿律，路上小心。"

我看着把我们送出家门的叔叔，在心中又说了句"对不起"。

对不起，我肯定会努力的。

当晚，我们决定住在福冈的朋友家里。

我有个坏毛病，就算刚才还一直在反省，一转身又开始得意忘形。一杯啤酒下肚，我立刻来了精神。

"快看，快看，这是机票。用股东优惠券能半价呢。"

我第一次坐飞机，高兴得不得了，不时地傻笑着拿出机票向朋友炫耀。

"去东京呀，真厉害！"

在那个时代，只要去东京，就是件了不起的事。朋友用羡慕的眼神看着我和阿律。我更加得意忘形。

"我要在东京当歌手。"

说出这话，连我自己都感到意外。为什么会突然这样说呢？因为我想起了半年前在周刊杂志上看到的广告，上面写着"演艺团招收学员"。

当然，那是招聘演员的公告。我却随意地做出了可笑的解释：既然在登广告招人，看来现在缺艺人。而且在那个时候，我以为艺人就是歌手，所以才会说："我要进入演艺团当歌手。"

当时，别人似乎比我高明不了多少，朋友并没有耻笑我，而是十分钦佩地说:"啊,你这家伙太厉害了。演艺团大吗?能进去吗?"

"嗯,既然在招人,百分百能进。"

"是吗?那恭喜了。干杯!"

"干杯!"

大家似乎都觉得我已当上了歌手,一整晚都在开怀畅饮。

现在想来,我只是希望能和曾经的棒球队队友一样有名。如果通过某种方式出名,就能消除无法继续打棒球的失落感。我当时肯定有这种想法。

第二天,第一次坐飞机的我们兴奋得分不清东西南北,更何况是直接飞往梦想中的东京。

正当我们欢欣雀跃的时候,旁边一位很优雅的老妇人问道:"你们在新婚旅行?"

"嗯,新婚旅行。"

我正兴高采烈,谎话很自然地脱口而出。

"哦,去哪儿呀?"

"夏威夷。"

本来没必要撒谎,却顺嘴说出来了。

老妇人却说:"啊,我们也去夏威夷。能和你们两位年轻人一起,真是太高兴了。"

哇,这下可麻烦了!

老妇人当然不可能听到我内心的惊呼。她笑眯眯地看着我们,接着说道:"可能是我多管闲事——绝不能离婚啊。夫妇呀,即便吵架几百次,那也是情理之中的事。我们总算一路走了过来,现在都到了这把年纪了。是吧,孩子他爸?"

坐在老妇人旁边的老绅士笑了。

"昨天我们还吵架了呢。"

这对老夫妻看上去十分恩爱。我已经忘记撒谎带来的麻烦，完全被他们的谈话吸引住了，不禁问道：

"啊，是吗？"

老妇人自己似乎也觉得可笑，开始讲给我们听：

"因为要去海外旅行，我准备了三四个包。他却说：'要去暖和的地方，不需要这么多东西，到了那儿买件 T 恤和大短裤就可以了。'我就说：'话虽这样说，但女人需要带些东西。'结果就吵了起来。"

老绅士插嘴道：

"最后还不是都塞进一个旅行箱里了？"

老妇人毫不示弱地反驳：

"那是因为我下了功夫，装箱子的技巧比较高明。"

看着他们的样子，我不由得想：嗯，看来夫妻吵架果然无法避免。

与此同时，我感慨道：

"旅行箱最好只有一个。阿嬷说的话不会有错。"

咚，飞机落地了。

羽田机场！东京到了！

我们兴高采烈地朝单轨电车走去。要去市中心，先得乘坐单轨电车。这些基本常识我们还是有的。这时，突然有人从后面一把抓住我的后背。

"小伙子，去夏威夷走这边。"

原来是刚才的老绅士。

是啊。聊天聊得兴起，把这事儿给忘了，我刚才信口胡说要去新婚旅行，还要去什么夏威夷……

老绅士微笑着，一脸的慈祥，看样子是要把我们带到转乘海外班机的出入口。

我当然很想去夏威夷，可是既没有钱，也没有护照。

"呃……是这样，我要先买点东西……"

我语无伦次地说着，老绅士终于放开了我。

"哦？那一会儿见。"

我们望着依偎在一起离开的老夫妇的背影，他们合力拖着一个旅行箱。

阿嬷说的果然不错，我想。即便吵翻了天，两个人还是会亲亲密密地一起拖着旅行箱。

我和阿律也一起拖着旅行箱，走向单轨电车的站台。

四　离家出走的痛苦

没想到夫妻间不可缺少的吵架竟然很快就降临了。

我们得意扬扬地坐上单轨电车，在滨松町下了车。

东京太棒了，但是……我们到底该去哪儿呢？

我们没有上学，没有工作，也没有约定，完完全全是自由的。可是，日程没有定好，真的很麻烦。

我生来第一次切身体会到，人如果过于自由，反而不知该做什么。总之，我们没有明确的目的地，甚至不知道该去往哪个方向。

"去哪儿呢？"我问。

"哪儿都行。"阿律说。

虽说哪儿都行，可毕竟身处完全陌生的地方，所以我才会同阿律商量。

"去右边，还是左边？"

"哪边都行。"

"你说呀，到底是右边还是左边？"

"我不是说哪边都行嘛。"阿律满不在乎地说。

这时，她平时那种让我喜欢的、不紧不慢的风格开始让我上火了。我粗暴地说："你竟然说哪边都行，啊？这可是你自己的事。"

结果阿律却说："你去哪儿我都会跟着。德永君，不是你说要来东京的吗？"

她这么一说，我倒不好再抱怨了。不管三七二十一，我响亮地说了一句：

"那咱们就去右边吧。"

仅仅是决定向右走，就花了这么长时间，甚至还要争吵。看来完完全全的自由还真让人头痛哪。

"肚子饿了。"

走了一会儿，我的心情逐渐平静下来。正好，前面不远处出现了寿司店的招牌。

"咱们就去那里吃寿司吧。"

"嗯。"

说实话，我从来没去过寿司店，顶多吃过盒装的寿司。不过，这总归是私奔以来两人第一次在外面吃饭，感觉有点像只有我们两个人的结婚典礼，因此想奢侈一把。

另外，在蔬菜店打工时有一些积蓄，加上卖日产公爵的钱，我身上总共有七十万日元。拿着这么一大笔钱，我胆子大了起来。

但是，只听到店员对我们说了声"欢迎光临"，我就紧张得不知所措了。

普通话！在日常生活中竟然有人说普通话！

另外，店内擦得锃亮的桌子和柜台前站着的一看就像有数十年经验的寿司师傅，都仿佛在给我们施加压力。

店内的乡巴佬只有我和阿律，感觉其他人都是时髦又纯粹的东京人。而且，我还一直担心会不会太贵。不过，我喝着端上来的茶，看到了挂在墙上的菜单后，终于放下心来。

海胆　　特价

鲍鱼　　特价

金枪鱼　特价

鲑鱼子　特价

尽管没有标明价格，但既然写着特价，肯定很便宜。我们小声商量，尽量多点一些特价的寿司。

等一下，还有一个问题。

"阿律，'两个'用普通话怎么说？"

"啊？"

"我感觉'一个'是普通话，但用方言来说'两个'，对方能听明白吗？"

"我也不清楚。"

我们脑子一片混乱，感觉佐贺的方言在这里根本行不通。

但是，师傅可不管正在思前想后的两个傻瓜，声音洪亮地问：

"您来点什么？"

"啊……金枪鱼一个……然后，再来一个。"

真是令人啼笑皆非的办法。但师傅总算明白了我们的意思，把捏好的金枪鱼寿司分别放到我和阿律面前。

"海胆一个，然后再来一个。"

"然后，鲑鱼子一个，再来一个。"

我们稍稍放心后，按最初商量的那样，主要点特价品。

该结账了，这次换阿律开口问道：

"这种时候，用普通话该怎么说？"

"啊？"

我顿时僵住了，绞尽脑汁冥思苦想了一番，然后小声对阿律说：

"经常听别人说'所以嘛'，'去哪去哪了嘛'，是不是最后应该加上一个'嘛'字？"

阿律一脸认真的表情，点点头，举起手招呼店员：

"对不起嘛，多少钱嘛？"

"嗯？啊，谢谢您。"

店员看上去似乎有些诧异，但还是微笑着为我们拿来账单。

"一共六千日元。"

阿律递给他一万日元，找回了四千日元。

"谢谢您的光临。"

阿律竟然又彬彬有礼地说了一句："谢谢你嘛。"

然后，我们出了寿司店。

现在想来，其他客人虽然没有笑，但肯定都不解地看着我们。而我完全被阿律那坦然自若的态度折服了。

"太厉害了。"

一顿饭竟然花了六千日元，这也太贵了，因为当时公司女员工的月薪只有两万日元左右。

"虽然是特价，还那么贵。看来东京的物价的确很高。"

一出店门，我们就你一言我一语地抱怨开了，但冷静后仔细一想，墙上写的似乎不是"特价"，而是"时价"。

"好像不是特价，而是时价吧？"

"我也觉得是。"

当时我们异常紧张，结果把时价看成了特价，而且一旦认定，不管看多少遍，死活都认为是特价。

还有点题外话。来东京之前，阿律就断言："东京的物价是佐贺的八倍。就算你拿着七十万，顶多相当于十万。"

不知她从哪里听来八倍这个数字，不过有些夸张，实际上没有那么离谱。

从寿司店出来后，我吸取刚才失败的教训，觉得不能再和阿律商量，于是自己决定了要去的地方。

"听说有条山手线，咱们坐吗？"

"坐，坐。"阿律完全赞成。

对乡下人来说，山手线是东京的一个象征。那时我们都深信不疑，在大都市东京，有一趟叫山手线的电车，二十四小时不间断地沿着同一条线路转圈。

而我们却听到了这样的车内广播：

"大崎，大崎，下一站是大崎。本次列车的终点是大崎。"

"这根本不是山手线！"

我们开始大发牢骚，又重新坐了一次，这次确实开始转圈了。原来山手线有许多辆电车，有的车会在中途驶入车库。

我们足足转了三圈，因为没有其他事情可干，而且觉得这样十分好玩。

小城市没有高层建筑，因此，光是从车窗看着大都市的风景便足以让我们欣喜不已。

在山手线上尽情体验了三个多小时后，我们在滨松站下了车。

要说为什么选择滨松站，因为我们唯一知道的车站就是这里，但也不过是三个小时之前刚知道的。

"咱们来过滨松站。"

"嗯。"

"往右边走，有一家寿司店。"

"德永君，你对东京好熟悉呀。"

"刚刚来过嘛。"

"我也来过。"

我们一唱一和地说着，然后相视而笑。只是知道东京某个车站有什么，就让我们觉得自己成了城市人，感到无比自豪。

可是，当时的处境不允许我们一直沉浸于知道寿司店在哪里的满足感中。天色渐渐暗了下来，必须去找住处。

因为深信东京的物价是佐贺的八倍，我想出一个少花钱就能解决问题的方法。

"去昭岛的明子姨妈家吧。"

明子姨妈是妈妈的小妹妹。我没有去过姨妈在昭岛的家，但知道地址和电话号码。

"哇，你在东京有亲戚呀？"

"嗯，以前没去过，估计没问题。"

商量好了，下一步就是问车站工作人员怎么去昭岛。

工作人员告诉我，去昭岛要先坐车到新宿，然后换乘去立川的特快车，再换乘青梅线，第四站就是。

坐山手线就能到新宿，这一段很顺利，但新宿车站让我们大吃一惊。站台上人山人海，到处都是密密麻麻的人。

我们费力地挤下车，却不知道去立川的站台在哪里。用了将近四十分钟，终于找到了目标，刚要上楼梯，可是……似乎有电车到站了，咚咚咚咚，人群如潮水般涌下楼梯。我们逆着人流拼命想往上走，但两个人还拖着一个旅行箱，行动起来很困难。

"阿律，这样很难上去，先稍微等一会儿。"

"嗯。"

我们把旅行箱放到楼梯边上，等着人潮散去。

等人都走光后，我们又开始费劲地往上爬。但是，这次似乎是对面的站台来车了，接着又是咚咚咚咚的声响。

"哇，又来了，在这儿先等会儿吧。"

"嗯。东京的人真多！"

当我们又想上楼梯时，又是咚咚咚咚、咚咚咚咚……结果，十分钟、十五分钟过去了，我们依然困在原地，折腾得筋疲力尽。

后来，我无意中向四周一看，才发现在楼梯稍偏一点的地方，分出了一条相对较窄的通道。楼梯上印着朝上的箭头。

"啊！"

再看看自己脚下，楼梯上印着朝下的箭头。

"阿律，那边似乎可以上去。"

"咦？真的。"

楼梯竟然还分上行下行，当时的乡下人可无法想象。

我们吃尽了苦头，终于抵达昭岛时，已经过了晚上七点。

我想先和姨妈家联系一下，便在车站前找公共电话。很幸运，电话挺好找，可总觉得它的形状和佐贺的红色电话不一样。

"公共电话是这个样子吗？"我有些不安。

没想到阿律竟然说："佐贺的十元硬币能用吗？"

这下更麻烦了。我走到附近的香烟店，拿出十元硬币，结结巴巴地问：

"这个，这是佐贺的十元硬币，能给我换成东京的硬币吗？"

香烟店的大婶放声大笑，她告诉我：

"十元硬币呀，佐贺的和东京的都一样。"

我们终于放心了，拿起话筒，投进去十元硬币。

"喂，我是广岛的昭广。"

"哎呀，好久没见面了，有事吗？"

"是这样，我结婚了……"

"啊，什么时候的事？我怎么没听说呀！"

"比较突然……所以，现在正在旅行结婚，想去您那儿拜访……"

"专门来看我们，多不好意思。现在你们在哪儿？"

"在昭岛。"

"什么?！"

明子姨妈似乎十分惊讶，但还是立刻和姨父到车站来接我们。

我被寄养在阿嬷家时，明子姨妈还没有结婚，也住在佐贺，结婚后夫妇俩也会在盂兰盆节或过年时回佐贺的阿嬷家。所以，明子姨妈和我的关系比较亲密。

"话说，你们能来看我们真是个惊喜哪。"

姨妈感觉十分意外，拿出啤酒款待我们。

还在上小学的表弟阿尚和表妹京子，看见大哥哥大姐姐来了，高兴得又蹦又跳。

"结婚典礼办了吗？"

"没，还没有……"

"哦，不过，能娶到一个漂亮的媳妇真不错。是吧，昭广？"

"这个嘛……"

聊着聊着，姨父问道："那今天打算住在哪儿？"

"还没……还没定下来。"

"那你们就住在家里吧。"

事态发展得异常顺利，我们当晚就住在姨妈家里。

第二天吃早饭时，我若无其事地问："今天也住这儿行吗？"

这次连姨妈也露出了诧异的神色。

"昭广，你是新婚旅行吧？旅行社没有规定路程？"

在那个时代，一说新婚旅行，就是指参加吃穿住行全由旅行社包办的旅行团，几乎没有私人的自由旅行。

我有些慌张，又开始信口胡说："我们选择了自由安排行程。"

"咦？现在新婚旅行还有这样的形式？"

"嗯，所以很自由。"

"是吗？有一周左右的时间？"

"这个……再长点也可以。"

"啊？"

"两个月也可以……一年也可以……"

"昭广，胡说什么呢，哪有这样的新婚旅行呀。"

姨妈和姨父都哈哈大笑起来，但是……我们并不是新婚旅行，而是离家出走，所以两年三年都可以，这些话我却无法说出口。

不过，总算能在这里住一段日子，我悬着的心终于放下了。

等孩子们都去上学、姨妈和姨父上班后，我们马上开始行动——当然是找工作。

说起我手头的资格证，便只有驾照。东京既然有那么多人，我觉得做出租车司机应该不错。于是，翻看了报纸上的广告后，我们径直去了招司机的出租车公司。我让阿律在外面等，自己去面试。

我把带来的简历交给社长，他示意我坐下。

"嗯，你叫德永昭广？"

"是的。"

"才二十岁啊，真年轻。"

"啊？"

"这么说来，你只有普通驾照吧？"

"是的……不行吗？"

"做出租车司机必须有特种驾照，只有二十一岁以上、取得普通驾照超过三年的人才能拿到。你拿驾照几年了？"

"两年。"

"这个嘛……你要不要先干一年汽车修理？这样能清楚地了解汽车构造，待遇也不错。一年后拿到特种驾照，就可以开车了。"

"啊，让我考虑一下吧。"

"哦，好吧，再见。"

社长语速飞快的东京话让我十分紧张，不太清楚他说的是怎么回事，好像是我手头的驾照不行。

我很不服气。驾照嘛，全日本应该是一样的。我甚至还无礼地认为，那人肯定在撒谎。怪不得都说东京是个可怕的地方。

我又去别的出租车公司面试，却得到同样的答复。但我还是固执地认为，应该能找到做司机的地方，于是和阿律一起去了好几家出租车公司。结果当然是白费功夫。

工作没定下来，只好回到昭岛的姨妈家。

那天依然在温馨和睦的气氛下吃完了晚饭。正当我们和孩子们玩游戏、看电视时，电话响了。

接电话的姨妈刚说了两句，就招呼姨父过去。

起初我以为电话是找姨父的，但发觉两人在小声地说些什么，还交替看着我和阿律。两个孩子什么都不明白，依然天真无邪地缠着阿律。

不一会儿，姨妈和姨父回到客厅，看上去表情并没有特别的地方，只是一个劲儿地问我们俩：

"明天打算去哪儿？"

我想，离家出走的事肯定已经露馅了。刚才的电话估计是妈妈打来的。但是，姨妈担心我们知道真相后会立刻逃跑，才什么都没说。

第二天早晨，姨妈两口子临上班时说：

"午休时我们会回家，你们一定要待在家里。"

姨父供职于政府部门，姨妈在美军基地做会计，两个人工作的地方离家都很近，中午可以回家。

但是，我和阿律火速逃离了姨妈家，留下一张字条和五千日元。字条上写着：给您添麻烦了。钱不多，请给阿尚和京子买点什么吧。

离家出走就是没有落脚的地方，虽说这是理所当然的事情。

我们只好又咕噜咕噜地拖着旅行箱，踏上了漫无目的的旅途。

五 终于到来的东京蜜月

从姨妈家逃走后，我们又到了滨松町，因为我们只知道这里。

"前天咱们也来滨松町了。"

"对呀，对呀。"

"往右边走，有一家寿司店。"

"哇，已经变成东京通了。"

两个人似乎还没吃够苦头，依然嬉皮笑脸。东京已经没有可以借住的熟人了，只好去酒店。

"要说东京的酒店，就是东京新大谷酒店。"

"是的，是的。"

一说到东京的酒店，我们只知道经常在电视剧和新闻中出现的"东京新大谷"。

那天，我们一大早就拖着旅行箱从昭岛来到滨松町，已经筋疲力尽了，于是一咬牙，决定打车去。

司机见我们拖着一个硕大的旅行箱，又说要去新大谷酒店，就问："你们是新婚吧？"

"是的。"

"真好。要去新大谷酒店呀，那可是一家好酒店。"

"啊，是吗？"

"你们真有钱呀！"

"啊？"

这时如果能意识到有什么地方不对劲就好了。但认定什么就绝不动摇的两个人，竟然以不仅是无业游民，还是私奔者的身份，堂而皇之地朝新大谷酒店的服务台走去。

"我们想住两个晚上。"

这是事先和阿律商量好的。我觉得，三天内应该能找到工作。

前台工作人员笑容可掬地接待了我们，礼貌地问："请问二位是新婚吗？"

"是的。"

"那我们能为您准备套房，领您去看看吧？"

"好啊。"

当然，我压根儿不知道什么是套房。我以为听说我们是新婚，他们会准备甜蜜、浪漫风格的房间，便随口答应了。

"那么，要先收您十万日元。"

这个人笑容如此灿烂，嘴里怎么能冒出这么残酷的话？

十万日元！我目前全部财产的七分之一！

仅仅住两天竟然要花十万……我哭丧着脸把钱交给服务台。（事实上，这类似保证金，在退房时，又把扣除八万多房费及服务费后的余额退给了我们。）

不过，新大谷酒店的套房的确非同一般。进房间后，我说的第一句话就是："简直像外国人。"

对于那时的我来说，有床和地毯的西式生活只属于大洋彼岸的遥远世界。再加上此前一直住在朋友或亲戚家，这是第一次两人独处，我们俩异常兴奋。

"快看，快看，这是浴室，简直像外国电影！"

"快看，快看，这是厕所，简直像外国电影！"

不管看到什么，阿律都会连声感叹："简直像外国电影。"

我拉开桌子的抽屉，又叫道：

"喂，这信纸是免费的吗？"

"还有信封。可以随便往外发信吧。"

我们四处折腾了一大通。

"还有《圣经》，果然是外国人住的地方。"

两个人使劲点了点头，嘴里不由得念叨着"阿门"，在胸前画十字，然后又开始翻看浴室里的洗发水、护发素、浴帽等东西，随手拿起牙刷刷牙。刷完后，阿律缠着我说："让我看看。"

我龇着牙让她看。

"哇，刷得真干净！"阿律拍着手，特别高兴。

把房间大致看了一遍后，我们开始在酒店里转悠起来。

这儿的和式庭院始建于江户时代，历史悠久，当然很美丽，但对在大自然中长大的我们来说，与绿树青草相比，电梯更有吸引力。

当时，佐贺顶多有五层的建筑物，高层建筑的电梯十分罕见，我们上上下下地坐了好多次。

虽然与甜美的氛围相去甚远，但是，周围的华丽场景总算让我们体会到了一点新婚旅行的感觉。

可是，必须尽快找到工作。我躺在套房柔软的床上，翻看着报纸上的工作信息。

"在这种地方看这一版的，估计就你一个人。"阿律笑着说。

第二天早晨，我们满怀希望地去了后乐园球场。这可是在棒球比赛直播中经常看到的后乐园球场啊，哪怕只看看外观也行。

"长岛茂雄和王贞治就是在这里比赛的。"

我激动得心潮澎湃。

球场周边也有游乐场，但深深吸引我的还是击球中心。尽管由于受伤不得不放弃棒球，我的球技却不差，我可是凭借高超球技才以特招生身份进入广陵高中的。对恋人可没有必要藏一手。

进去一看，发现这里真不愧是后乐园的击球中心，配备着硬式的抛球机。球不是从前方飞来，而是从一侧砰的一声弹出。不过，用来显示自己的能耐已经足够了。

我吭吭地打着砰砰飞起的球。

"哇，太厉害了。"

不出所料，阿律都看入迷了。

我擦着汗水，遗憾地说：

"唉，如果没有受伤，我就能成为职业棒球选手了。"

"说到这儿，我想起来了，你不是说要当歌手吗？"

离家出走的当天晚上，在福冈的朋友家里喝醉后，我一时兴起说出的话，阿律竟然还记着。

"让我想想……对了，你好像说是演艺团。咱们去演艺团吧。"

看来阿律的记忆力相当不错。

"哎，去演艺团吧。"

在阿律不停的催促下，我只好硬着头皮问击球中心的职员：

"请问，演艺团在哪里？"

"哦？你竟然不知道在什么地方？"

阿律惊讶万分，这当然可以理解。

演艺团在六本木。看到入口附近有一位工作人员模样的男士，我很莽撞地张口问道：

"请问，我想成为歌手……"

"啊？"

我以为对方没有听清楚，又大声说了一遍：

"我想在演艺团当歌手。"

"我们这里是演艺团。"

我当然知道，所以才找上门啊。我接着说："你们半年前登过招聘广告，我想当歌手，就来了。难道你们已经不招了？"

"不是，没有歌手。因为我们这里是演艺团，都是演员，演戏的。"

"什么？"

那位男士肯定很惊讶，我当然也一样。演艺团里竟然没有歌手！他似乎待人比较热情，尽管满脸诧异，依然耐心地向我解释：

"而且，一年只招一次，有数千人来应聘，只有十个能通过。"

我见他态度亲切，又接着问道："那么，哪里需要歌手？"

"歌手呀，像渡边 Production 事务所那样的地方——"

"渡边 Production！就这个，我就去这里吧！在哪儿呢？"

见我一副信心满满的样子，那人有些急了，那意思像是让我先等等。

"不行，像你这样突然闯过去，没有人会见你。"

然后，他看了看我和阿律，无奈地问道："你们是不是从地方上来的？"

"是的，从广岛来。"

"想做歌手？"

"是的。"

见我认真地使劲点头，他又向阿律求证："这个人唱歌很好听？"

"不知道。"

"啊？"

"我没听过他唱歌。"

刚才一直持同情态度的他，似乎一下没了兴致。

"小伙子，你没唱过歌就想当歌手，不太可能。"

"不，我觉得也许能当。"

他看上去诧异无比，脸上的笑意越来越浓。最后，他终于笑了出来。

"也许能当……小伙子，这可不是在说对口相声。"

"对口相声是什么？"

"就是漫才呀，你这个都不知道？"

"嗯。"

"就是逗人发笑的演出。小伙子，你绝对适合说相声，好好努力吧。"

他哈哈大笑着走进事务所。

我们两个人还傻傻地杵在演艺团门前。

我觉得很没面子，就冲着事务所的入口大喊：

"啊，如果歌手当不了，那么当电影演员也行，说相声也行，拜托了。"

"喂，已经没人了，你在说什么呢。走吧。"

阿律开始大步流星地往外走，看样子似乎已经对我无话可说了。

我慌忙追过去。

"等等，阿律。是这样，歌手不是那么简单就能当上的。"

阿律依然紧绷着脸，望着六本木十字路口的警亭说：

"这是当然。要不你去问问警察？"

我还真的去问了。"请问，到哪里能当歌手呀？"结果被轻易搪塞过去了。"先别管这个了，你们要注意右侧通行。"

"你别胡闹了。"

这似乎让阿律更生气了，我赶紧闭上嘴。

看来夫妻还真的会吵个不停呀！

六　　立志做相声演员

被演艺团拒绝后，我变得十分怯懦，打起了退堂鼓。

"哎，我们回去吧。"

那天晚上，我们依然住在新大谷酒店像外国电影似的房间里。如果接着住下去，我们的钱很快就会花光。但这种时候，女人反而更加坚强。

"你说什么呀？"阿律一下火了，"如果现在回去，我爸不定会对你怎样呢。"

"嗯……"

做渔夫的岳父没有给我见面的机会。我或许会被痛打一顿……我不知该如何是好。突然，脑海中浮现出棒球队学长小森的面容，他是一位很照顾学弟，又性格豪爽的学长。

小森在大阪上班，应该已经结婚了。我试着给他打了电话。

"晚上好，我是德永。"

"哟，你还好吗？"

电话另一端传来了他熟悉而稳重的声音。

"我现在在东京。"

"东京？"

"是的，正在旅行。"

"哦，和谁呀？"

"和女朋友。"

"哎，你小子行呀！住在哪儿？"

"新大谷酒店。"

"你竟然这么奢侈？"

"啊？"

"新大谷酒店很贵吧？"

"可东京只有新大谷酒店呀。"

"说什么傻话，东京有几百家酒店呢。"

"不是吧？"

挂断电话后，我翻了翻电话簿，发现东京确实有数不清的酒店，有的甚至清楚地写着"住宿一千五百元"。

继演艺团事件后，我再次深受打击，决定第二天离开新大谷酒店，去小森那里。

在电话中说了自己离家出走的事，小森邀请我："不管怎样，你先来一趟大阪吧。"

我只是对阿律说："咱们去大阪的学长那里玩吧。"

而实际上，我心里打着逐渐西行，然后回到广岛或佐贺的念头。

去大阪要坐新干线。我们第一次搭乘了东海道新干线列车。

"这就是晨光号。"我们又是一番兴高采烈。

傍晚六点，我和学长约好见面的地方，在心斋桥的大丸百货和SOGO百货之间。

那儿似乎是十分怪异的碰面场所，但因为紧邻地铁站，大阪人经常把那里作为会面地点。

走出地铁口来到心斋桥后，我和阿律异口同声地说：

"哇，今天有节日庆典吧。"

"来得真是时候。"

不一会儿学长就赶来了。我们赶紧打听："这是什么节日庆典？"

"啊？"

"真盛大！是有名的庆典吧？"

"你说什么呢，这个时间总是有这么多人。"

"什么？大阪的人比东京还多？"

听我这么一说，学长侧着头说："这个嘛，我也不太清楚。"

不过，我和阿律虽说是去了东京，其实只去了滨松町的寿司店、虽算市区却位于二十三区以外的昭岛市、新大谷酒店和后乐园，而且只在白天去过六本木（当时的六本木晚上热闹，白天人并不多），顶多在新宿站换车的时候见识过人山人海的场面，所以在我看来，大阪更加繁华热闹。

从难波车站坐十二三分钟南海电车，就到了位于住吉东的小森学长家里。

他年轻的夫人抱着孩子笑脸相迎，还亲自下厨款待我们。刚从东京过来的我十分兴奋。

"东京的车站楼梯竟然分上行下行。"

"嫂子，你知道东京除了新大谷，还有别的酒店吗？"

"山手线并不是一辆电车不停地一圈圈转。"

"听说演艺团里没有歌手。"

我一个人不停地说着，逗得大家开怀大笑。

第二天早晨，学长去上班了，嫂子边哄孩子边对我们说：

"因为要看孩子,我哪儿都不能带你们去。你们好容易来趟大阪,去看看吉本怎么样?"

"吉本是什么?"

"你不知道?就是一种叫新喜剧的特别特别有意思的话剧,还有漫才和落语①。"

说到相声,我想起演艺团的人说过那是逗人发笑的艺术。

"在哪儿呀?"阿律问。

"在一个叫'难波花月'的剧场。昨天你们就是从难波坐南海电车来的吧?在难波站,你只要问难波花月在哪儿,没人不知道。"

于是,我和阿律决定去难波花月看看。

正好赶上星期六,难波车站十分拥挤,不过确实如嫂子所说,难波花月的地址很容易打听。

周六的剧场坐满了人,真不明白这些人为什么放着别的地方不去,偏偏挤到剧场来。

我和阿律没有看过现场表演,光看到剧场里竟有这么多观众,就已经吃惊不小了。

"真受欢迎啊。"

"就是啊。"

演出一开始,我们马上就明白了剧场爆满的原因。借用嫂子的话,真的是"特别特别有意思"。

噱头连连的吉本新喜剧让我们从头笑到尾,"靖与清"和"中田袖扣"的漫才,以及笑福亭仁鹤的落语也都特别有意思,我活了二十年第一次这样开怀大笑。本来这些人都是我的老前辈,应该尊

---

① 日本曲艺之一,类似中国的单口相声。

称为"师父"。可当时，我甚至不知道还有"师父"这个词。

那时，我突然想起演艺团的人对我说的话：

"小伙子，你绝对适合说相声。"

相声？原来如此。我大脑中突然灵光一闪，指着舞台上的漫才演员，对阿律说：

"我想当那个。"

"那个？嗯，你肯定行。"

阿律毫不犹豫地说。

转眼之间，三个小时的节目结束了，我依然十分兴奋。走出剧场后，发现外面聚集着很多人。

"怎么回事？"

正在这时，从地下停车场开出一辆黑色的劳斯莱斯。

"哇，你快看，那不是天皇陛下坐的车吗？"阿律瞪圆了眼睛说道。我也"嗯、嗯"地点头。

仔细一看，坐在里面的不正是刚才说落语的那位叫仁鹤的大叔嘛！在相声迷不停的尖叫声中，崭新锃亮的劳斯莱斯载着仁鹤大叔渐渐远去。

"只不过说个十到十五分钟的相声，竟然能坐上那样的车？"

"你就当相声演员吧！看上去挺容易的。"

"对啊，对啊。只要拿着扇子，嘴里说'漫漫玛卡玛卡'①就可以了吧？"我模仿着刚才看到的仁鹤大叔插科打诨的样子。

两人正说得热火朝天，从停车场又开出一辆保时捷。坐在上面的是刚才看到的"中田袖扣"。

---

① 笑福亭仁鹤表演落语时，用"漫漫玛卡玛卡"哼唱奥芬巴赫的《天堂与地狱序曲》的部分乐段。

此时此刻，我和阿律不约而同地想，以后就当相声演员吧。

那个时候，我们俩都浅薄地认为，说相声十分简单。

等小森学长下班回来后，我马上迫不及待地说："学长，我已经决定了今后的人生方向。"

"太好了。怎么打算的？"

"我要当相声演员。"

"你先等等。你是认真的？"

"嗯。"

"相声演员可不是那么容易就能当上的。"

"没有呀，我今天去看了，感觉很简单。"

于是，我又模仿了一遍"漫漫玛卡玛卡"。

本以为会受到表扬，没想到学长张口来了一句："你是不是傻呀？"

学长打开电视，调换着频道，刚才说单口相声的大叔出现在屏幕上。

"这是仁鹤，现在十分走红。你以为出名很容易呀？"

学长继续调换频道，屏幕上又出现了说对口相声的人。

"这是横山靖和西川清，简直是天才啊！"

"'中田袖扣'很受年轻人的喜爱。"

我们今天看到的似乎都是大名人。

在广岛和佐贺几乎看不到关西的电视节目，所以，我和阿律对这些一无所知。

"学长，只说十几分钟就能坐上劳斯莱斯。"

我依然不死心。

"所以说，只有极少数人才能那样。"

学长似乎已经拿我没办法了。

"可是，如果最有名的人能坐上劳斯莱斯，那下面一个档次的人也能坐上奔驰吧？"

我越说越起劲，嫂子也在一旁为我说话了。

"我觉得他挺适合说相声，你看，昨天他给我们讲的东京见闻多有意思呀。"

"这倒是。"

嫂子的意见似乎使学长稍稍改变了看法。我便试图一口气说服学长。

"学长，你看嫂子也这么说。你能告诉我怎样才能当上相声演员吗？"

并不是所有大阪人都知道当相声演员的途径，但那个时候，我唯一可以依靠的就是小森学长。

现在想来，简直如同奇迹，学长竟然说：

"嗯……啊，你这么一说，确实有个人，他认识吉本的人。"

学长马上给那个人打了电话。仔细一听，是那个人的朋友在吉本上班，他说先联系一下，然后再给学长打电话。

两三天后，学长朋友的朋友——一位叫富井的先生答应见我。于是，我去了吉本兴业的事务所。

富井先生给我的感觉并不像演艺事务所的人，更像是大阪的一位热心肠大叔。这让我踏实了许多。

"我是德永昭广。"

"啊，听说了，听说了。你想说相声？"

"是的，我想当漫才演员。"

"可是，你还没有师父吧？"

"师父？是什么呀？"

听到我的问题，富井先生差点跌倒在地，但还是耐心地为我解释，艺人要先拜师当弟子才能学习技艺。

那时还没有培养相声演员的学校，拜师是成为艺人的唯一的道路。但是，我刚刚知道还有相声演员这种职业，不可能知道还要拜师的事。

富井先生热心地为我出主意：

"先干一干司仪怎么样？如果觉得不适合自己，可以随时辞职。"

我却搞不明白当司仪是怎么回事。

"司仪都要做什么呢？"

"把幕拉起来，拉响开演的铃，摆放落语台。"

"落语台是什么？"

"就是落语演员坐的台子呀。小伙子，你没事吧？"

这时，就连热心肠的富井先生也露出了不安的神色。

在搞笑曲艺重镇大阪，即便不想当相声演员，也没有连落语台都不知道的人。

我慌了，赶紧对富井先生表明自己的干劲：

"没事，我当司仪。我会努力好好干的。"

"那么，你就去梅田花月吧。"

就这样，我终于被吉本录用了。

这时，一位身穿和服的人走进事务所，来人是月亭可朝先生。可朝先生创作的搞笑歌曲曾风靡一时。他曾在广岛的电视节目中出现过，所以我也认识。

我那时是个不懂事的愣头青，甚至称仁鹤先生为"说落语的大叔"。但是，一旦看见曾在电视中见过的人就站在眼前，我还是不禁心跳加速。

"哇，这是位演艺名人呀。这一位也属于吉本？"

正当我激动不已的时候，富井先生把我介绍给了可朝先生。

"这个小伙子是德永君，刚录用他进入梅田花月。"

"哎，长得真可爱。还很年轻吧？想当搞笑艺人？"

"是，想当相声演员。"

我生硬而紧张地回答，可朝先生露出得意的微笑。

"是吗？看来又多了一个放荡不羁的人。"

"……"

"干这行很不容易，不过是个有趣的世界。"

可朝先生呼啦呼啦地摇着扇子离开了。

没过多长时间，我就理解了可朝先生话里的含义。

七 第一次登台

我告诉阿律，我要在梅田花月工作，她说也想在大阪找工作。

阿律曾在佐贺知名的百货公司财务科工作过，十分有信用，很快就被本町的布匹批发店录用了。

然后，就轮到找房子了。

这时，我们在大阪还分不清东西南北，而且担心不定什么时候就吃不上饭了，于是决定住在小森学长家附近。

找了一处四叠①半大小的木造公寓，日照很差，厕所还要公用，但房租只要四千日元。这样，光靠阿律的工资也能勉强维持生活。(我还是相声学员，做好了没有工资的思想准备。)

我们买齐了中式炒锅、切菜板、菜刀，从旅行箱里取出前面提到过的饭匙、汤勺、礤床儿。(为什么要选中式炒锅呢？因为用这一口锅就可以炖汤、炒菜、煮饭。如果没有能力购齐汤锅、炒菜锅、煮饭锅，那就买一个中式炒锅。大家一定要记住。)

然后，我们从附近的蔬菜店要了一个空苹果箱，横着立起来，

①日本面积单位，1叠≈1.62平方米。

在两侧的上端挖个洞，穿上铁丝，挂上阿律用从批发店要来的布头缝制的布帘，便成了一个碗橱。

把两套茶碗、汤碗、筷子、杯子放入碗橱后，感觉心里痒痒的，喜悦之情不禁涌上心头。我们对前进的方向已不再犹豫。

不管多么破旧，多么狭小，这里就是我们的家，可以随时回来。而且，这里一直有属于我们自己的茶杯和筷子。

定下心来之后，我让阿律往她家里打了个电话。我们当然没有钱安电话，于是准备了将近一百个十元硬币，去了公园的公共电话那儿。

电话似乎是阿律的妈妈接的。阿律告诉妈妈，在大阪租了房子，在本町的布匹批发店找到了工作。妈妈听说女儿平安无事，似乎松了一口气，于是让等在一旁的我接电话。

我紧张地握紧了话筒。"您好。"

"能好吗？你知道我们有多担心吗？你家里人也够倒霉的，来家里道歉时脸色都变了，一个劲地说'对不起，对不起，把你们的女儿拐走了'。你知道造成了怎样的后果吗？"

"呃，对不起。"

"你也要和自己的家人联系啊。"

"知道了。"

"不过，你们都挺好的，我也放心了。你再让律子接电话吧。"

阿律再次接过话筒后，她妈妈详细打听了公寓及工作单位的地址、电话号码等。

听从阿律妈妈的嘱咐，我也给家里打了电话。因为让他们担心了，我由衷地向他们道歉。

然后，我给阿嬷写了信。

过了两三天后，从阿律家里寄来了一个硕大的包裹，里面是两套被褥。

后来听说，当阿律的父亲听妻子说知道女儿的地址了，就怒吼一声："给他们寄套被褥！"

对一直缩在薄薄的毛毯里睡觉的我们而言，这真是难得的好礼物。

狭小的壁橱放不下两套豪华被褥，只能把其中一套叠起来放在屋子里。与破旧的榻榻米不相称的柔软气派的被褥，让我们感觉比以前富有多了。

阿嬷的信也到了，她还用饭粒在信纸上粘了三千元钱。

"好好努力，用这点钱贴补家用吧。"

原本我把信小心珍藏了起来，可不知什么时候弄丢了，真是遗憾。

我第一天上班的日子是五月五日，是日本的儿童节。正值假期，剧场坐满了人。

落语、漫才、魔术、新喜剧……舞台上上演着一个个有趣的节目，观众席中笑声不断。

正在工作的我也禁不住笑逐颜开。这里真是最好的工作场所。

舞台上有闪耀的灯光，客人们乐得合不拢嘴。看着这些场面，我心中也充满喜悦。

这儿没有丝毫让人忧郁的东西。我每天都笑着工作。总是作为压轴演员的岛田洋之助和今喜多代上台时，我笑得最开心。

这对组合不但有趣，成员之一的今喜多代还是位美女，洋之助师父则给人温暖的感觉。我完全被吸引了，于是下定决心，如果拜师学艺，师父非他莫属。

我马上提出了请求。但是，洋之助师父德高望重，希望成为他弟子的人很多，我自然不可能那么容易就如愿。

我想让师父看到我的诚意，于是坚持每天都去求他：

"拜托您了，请收我为您的弟子。"

就这样坚持了一个月零四天后，洋之助师父终于答应了。

当然，在请求师父收我为徒期间，我一直做着司仪的工作，不知不觉中，两个月倏地过去了。

有一天，招我进吉本的富井先生来到梅田花月。

"德永君，干得还行吧？"

"是的，上次多谢您了。"

"听说你成了洋之助老师的弟子？"

"是的，都是托您的福。"

"对了，你领到工资了吗？"

"啊？没有呀。"

"这可不行。"

"呃……我听说见习期间没有工资……"

"没那回事。虽然待遇和临时工一样，但也应该有一些薪水。你已经干了几个月了？"

"两个月。"

"知道了。我去会计那儿帮你查查。"

富井先生帮我查了查，果然一个月有一万两千日元的工资。当天，我就领到了两个月的工资，扣税后也有两万多元。

我鞠了个躬，接过装有两万元的信封，赶紧跑到了厕所。虽然只有两万元，但这是从去年夏天自暴自弃地辞掉蔬菜店工作后，我挣到的第一笔钱。而且，这两万元是我朝着新的梦想——相声演员迈出第一步后挣到的钱。

一想到这些，眼泪不禁喷涌而出。我觉得在厕所里放声大哭太没面子了，于是面朝着墙，一边撒尿一边流泪，真是不体面哪。

幸运的是，不久后，我就有了说相声的搭档。

虽然还是继续做着司仪的工作，但有没有搭档，感觉完全不一样。

第一位搭档萩原君是桂三枝先生介绍的。

三枝先生是当时深受关西年轻人喜爱的综艺节目《年轻人噢！噢！》的主持人，而萩原君负责前说[1]，是很有前途的新人。

"那小子是说相声的料。"

三枝先生也对他另眼相看。

和萩原君组合后，我就要在名古屋的剧场首次登台了。

当时，吉本兴业还没有专为新人准备的小剧场，新人一般是从地方公演开始露面。

由于是第一次登台，我非常紧张。萩原君虽说以前只当过前说，但毕竟是公开节目的正式演员，看上去一副驾轻就熟的样子。

我跟从师父，取艺名为"岛田洋一"。顺便提一下，萩原君的艺名是"团顺一"。

那时，我是新手中的新手，表演素材自然全都委托给了比我有经验的萩原君。

但是，不论如何依靠萩原君，第一次登台时，我依然无比紧张。

开演的铃声响起，舞台的大幕拉开了。

---

[1]节目录制前，负责向在场观众说明各种注意事项，比如观看的礼节、鼓掌的时机等。

我们的表演是垫底节目中的垫底，当然第一个出场。但是，登上舞台看到观众席后，我顿时感到了失望。

竟然只有五位观众！

以前虽说只做过司仪，但在梅田花月，我已经习惯每天见到数百名观众。我一下子放松下来，和萩原君一起成功地让观众开怀大笑。

下场后，我们俩被鲁基新一先生叫住了，他曾经因为"不是，不是"的噱头而闻名。

"喂，小伙子，你干过几年了？"

"今天第一次登台。"

听萩原君这样回答，鲁基先生似乎不相信。"你在撒谎吧？"

"是真的。我叫团顺一，请多多关照。"

"我是洋之助的弟子，叫洋一，请多多关照。"

"哦？洋之助的弟子。你应该是第一次，看上去十分紧张生硬。"

自那以后的十天演出期间，他只要来看表演，都会为我们提出各种建议，还对我说：

"小伙子，有进步。"

我不仅学到了很多东西，也慢慢变得自信起来，真的很感谢鲁基先生。

在这十天中，来自各地的艺人都住在附近的酒店，但我们只是刚出道的菜鸟，便被安排住在剧场的后台。

这个剧场的司仪是位年轻人，大家都叫他"小阿"。他擅长烹饪，每天都在后台的小厨房里利落地做好家常菜招待我们。

他态度温和、待人热情，经常鼓励我们：

"你们绝对能红。"

"放心吧，我能保证。"

他的讲话方式总让人觉得女里女气，十分怪异。我悄悄地对萩原君说："他好像走路扭扭捏捏，说话也娇滴滴的。"

萩原君嗤笑道："估计是男色。"

"男色？"

"虽然没有化妆，但肯定是男色。"

"男色是什么？"

"你连男色都不知道？"

"嗯。"

"虽然是男人，可喜欢男人，打扮得也像女人一样。"

"是吗？"听了萩原君的解释，我依然搞不明白。

演出的日子转眼到了第七天。当天是星期六，剧场里座无虚席。我们已经逐渐习惯了登台表演，那天的演出很成功。

回到后台，小阿对我们说："辛苦了。今天晚上去我打工的地方吧，我请客。"

听说小阿每周都会在酒吧里打几次工。

"肯定是同性恋酒吧。"萩原君说。

我同样不明白同性恋酒吧又是怎么回事。

刚打开小阿说的那家酒吧的门，一位妖艳的美女带着笑脸迎上来："欢迎光临。一直在等你们。"

这个本以为是大美女的人，竟然是化妆后换上女式礼服的小阿。

听说酒吧里的其他人也都是男人，可个个漂亮娇艳、身材高挑，实在无法相信他们是男儿身。而且大家都喷了香水，气味也很诱人。

这家酒吧的服务也是细心周到。

"请吧，再给您来一杯。"

第一次体验到五彩斑斓的都市夜晚，我又激动又紧张。

在这次演出中，还有一个让我首次窥视到艺人世界的小故事。

这次演出的压轴演员是东京的雷门助六老师，他带来了弟子豆吉君。豆吉君除了上台演出，还很细致地照顾师父的起居。

这位豆吉君对我们这些新手很关照，说话特别像地道的东京人。"你们是从大阪来的？我师父上年纪了，睡觉特别早。等师父睡着了，我请你们吃好吃的，到时候过来吧。"

几乎每天晚上，他都带我们去剧场附近的火锅店。几杯酒下肚，他就会热心地大谈心得体会：

"你们可要听好了，干演艺这一行，不能忍耐可不行。"

能吃到火锅当然很高兴，但对于刚刚步入演艺圈的我来说，能在酒席上谈论艺术更让人兴奋。

当豆吉君从怀中掏出厚厚的钱包大喊"结账"时，我总是用羡慕的眼光看着他。

但是，就在演出结束那天，助六老师的怒吼声回荡在剧场里：

"我不要你了，给我滚！"

挨骂的正是豆吉君。

"不打招呼就用别人的钱，这是小偷，不是弟子。你给我滚！"

"不是……是来自大阪的年轻人说肚子饿……所以，就……就……想做次好人……"

没想到，豆吉君竟然用师父放在他那里的钱每天请我们吃饭。我惊呆了，又觉得很对不住豆吉君。如果他因为请我们吃饭被逐出师门，可怎么办？

还好，暴怒的雷门助六老师逐渐恢复了平静。

"啊，如果是这么回事，当然可以请他们吃饭。可用不着瞒着我，至少要对我说一声。"

我不清楚具体会怎样，但似乎被开除的危险总算过去了。

我松了一口气，想去对豆吉君说几句道歉的话。

"大哥，对不起，都是因为我们。"

没想到，刚才还脸色煞白、一个劲儿道歉的豆吉君，又若无其事地笑着说："没事，没事。我那师父不爱吃东西，睡觉又早，拿着那么多钱也没有意义。"

被弟子偷偷用了那么多钱也不追究的助六老师当然很厉害，而被师父臭骂后依然能笑出声的豆吉君也很了不起。

我耳边又回响起月亭可朝先生的话：

"看来又多了一个放荡不羁的人。干这行很不容易，不过是个有趣的世界。"

八　相声学习与贫困的生活

在大阪，有南北两个繁华区域。我在小森学长夫人的建议下去看的"花月"，是坐落于南区的难波花月，而我工作的梅田花月则位于北区。

当上梅田花月的司仪后，我结交的第一个好朋友是间宽平。

现在因"全日本的茶室"而闻名、被大家亲切地称为"小宽平"的他，当时还是在新喜剧中跑龙套的新人。

他饰演的角色大多会在开幕后马上登场，说一声"老板，我去送货了"，便从舞台上消失，然后一直与我一起待在舞台侧面。因此，我们很快就成了好朋友。

一般的家长都反对孩子当艺人，宽平的父母也不例外，所以他感觉回家也没什么意思。于是，有一次我邀请他：

"要不住我家里？"

结果，他开始每两天就来我家住上一晚。

最后他甚至有了我家的钥匙。本应是我和阿律甜美的二人世界，不知不觉中成了和宽平的三人生活。

有一天，我和宽平像往常一样有说有笑地回到家。干了一天活，两个年轻人都饿了，打开冰箱一看，里面只有沙拉酱和番茄酱。

做司仪时，我还多少有点收入。后来就以学相声为主，失去了收入来源，只能靠阿律的四万日元月薪生活。

因此，我们总是由于囊中羞涩饿肚子。如果和师父在一起，当然可以蹭饭，但总不能老跟着师父。而且我们当时都年轻，即便一顿饭吃得很饱，肚子很快又饿了。

"只有沙拉酱和番茄酱了。"

我正对着空荡荡的冰箱发呆，宽平突然咬住沙拉酱的软管，咻咻地吸了起来。

"味道很不错。"

听宽平这样说，肚子瘪瘪的我也来了精神。

"让我也吸一口。"

正当两个人咻咻地吸沙拉酱的时候，阿律下班回家了。

"你们在干什么啊？"

"哎呀，肚子饿了……"

"是吗？可是，我还没到发工资的时候。"

三个人肚子空空地冥思苦想。

这时，我想到如果在阿嬷家里，河里会漂来蔬菜……大脑中突然闪过一个念头。

我和宽平马上去了附近的蔬菜店。我们指着装有卷心菜、大白菜的老菜帮和碎菜叶的箱子说：

"这些……这些我想用来喂兔子，能拿走吗？"

以前阿嬷家里养鸡，经常去找人要这样的碎菜叶。当家里什么吃的都没有了，那些碎菜叶自然就进了我们的肚子。

蔬菜店大叔似乎心知肚明。他用大阪人特有的幽默口气说：

"可以……不过，你们才是真正的兔子吧？"

我和宽平不愧是艺人的苗子，马上把手放到脑袋两侧扮出兔子耳朵的样子，还一蹦一跳地说：

"是啊，我们是兔子。"

"别傻了。把这个也拿去吧。"

大叔大笑着，把一棵很大的白菜切下一半递给我们。

家里没有桌子，只好在纸箱上铺上阿律从布匹批发店里要来的布头当桌子用。只要洒上一点汤汁，纸箱就会凹陷下去，得经常更换。那种纸箱也是从蔬菜店要来的，因此，那位大叔对我们家的生活状况有大致的了解。

我们把带回去的白菜放到锅里煮熟，然后趁热拌上沙拉酱，真的很好吃。

附近还有一家面包房也经常关照我们。每天早上，这家店都会把做三明治切下来的面包边塞进塑料袋，摆放在店里，如果有人想要，可以先到先得。阿律总是一早就起床，给我们提回满满一大袋面包边。

虽说是面包边，但因为是刚刚出炉的，既柔软又好吃。

我们的生活状况如此窘迫，来花月的观众遗留在座位上的点心和便当，就成了我们重要的食物来源。

当然，别人吃剩的东西不敢吃，因为不知道里面有什么。但没有开封的点心，我们会毫不犹豫地塞进嘴里。

没开封的便当就有些让人头疼了。日本真不愧是"饱食国家"，有时会剩下一整盒还没有动过的寿司。

但是，负责打扫卫生的大妈会严厉地说：

"中午的寿司会变质，不能吃。"

在花月，中午和晚上各有一次公演。剧场内的温度高，中午剩下的饭会变馊，不能吃了。

但是，当时我和宽平总是肚子饿得咕咕叫，实在舍不得扔掉那些还没有动的寿司。

最后，我们想出了一个简单的办法，狠狠心把上面的生鱼片扔掉，在茶房里用寿司的米饭煮粥。

因为无法把芥末清除干净，煮好的粥呈淡绿色，倒也独具特色。往略带芥末味的粥里滴上酱油，味道还算过得去。如果把年糕片切碎放进去，会增添一股香味，太绝妙了，真是伟大的发现。

有一天，正当我和宽平在后台呼噜呼噜地喝粥时，大家熟悉的"深眼窝的阿八"——冈八朗先生来了。

"在吃什么？看上去不错呀。"

冈先生使劲盯着我们茶碗里的淡绿色米粥。

"绿油油的，看上去很好吃，给我一点。"

我们只不过是觉得扔掉可惜才拿来充饥，实际上并不好吃。

这可不是能让冈先生这样的人物吃的东西，我们慌忙拒绝："不行，这可不行。"

但是，人就是这样，越是吃不到就越想吃。

"没事，给我一点。"

"啊，不行。"

冈先生一把夺过我手上的茶碗，哧溜喝了一口。

"哇！这是什么呀，真难吃。你们傻呀，竟然吃这种东西。"

不出所料，我们挨了一顿数落。

剧场里还经常会有面包剩下。当时的食品并不像现在这样印有保质期，我们只要发现面包，就拿给打扫卫生的大妈看。

"大妈，大妈，你看这个能吃吗？"

大妈是剧场里捡东西的专家，她用鼻子使劲闻闻，就能为我们作出判断，比如说：

"嗯……没坏，可以吃。"

"不行，不行，会把肚子吃坏的，这个不能吃。"

有一次，我在剧场捡到了别人遗落的一千元钱，正当我和宽平高兴得手舞足蹈时，打扫卫生的大妈一把抢了过去。

"这当然是我的了。负责打扫卫生的人有这个特权。"

"啊？"

见我们一副快哭出来的样子，大妈慌忙笑着说："骗你们的，骗你们的。不过要分我一半。"

就这样，钱不多不少，被分去了一半……

阿嬷也是清洁工，我十分清楚，把别人弄脏的地方清扫干净很不容易。

我想，对于每天辛苦工作的大妈来说，偶尔捡到的零钱是老天爷赏赐的小费。如果捡到钱包，当然会登记上交。而如果是小额的现金，反正也不知道是谁的，希望大家不要批判她这种做法。

就在我和宽平净干傻事的时候，不知不觉间，我和阿律的爱巢变成了年轻艺人们聚会的场所。

年轻艺人拥有的只有梦想。只要我们聚在一起，就会不停地谈论梦想。

"等我走红了，我想做这样的节目。"

"走红后，我想在寿司店饱饱地吃一顿。"

"我要是红了，就建一所豪宅。"

还有人说："等我走红了，就拉你一把。"

夜深人静后，谈话中还会夹杂着对师父的抱怨、对某某人才艺的评价等，就这样不知不觉地谈到天蒙蒙亮。

看到这里，或许有人会想象成推杯换盏的场面，但是在贫穷的年轻艺人家里，不可能有那么多酒一直喝到天亮。

但聚集在这里的不愧都是艺人，我们一边互相用水干杯，一边像演戏似的说："快点，再多喝点。"

"啊，啊，倒这么多，我可喝不完。"

"行了，别这样说。"

"喝不过你呀，我要醉了。"

而且，我们还一边嚼着年糕或鱿鱼丝，一边说：

"哇，这种金枪鱼真好吃。"

"喂，要不要分你一半螃蟹？"

"不用了，我昨天刚吃了螃蟹。"

说着说着，我们感觉似乎真的在享用美酒佳肴。

年轻的相声演员惟妙惟肖地摆出喝酒的姿势。学魔术的人用刚记住的技巧从意想不到的地方突然变出了手帕，嘴里却说：

"哇，变出了大蛋糕，大蛋糕！"

其他人也跟着起哄："嘿，真的。虽说世界无比之大，但能变出真蛋糕的，只有他一个人。"

这种嬉闹会一直持续到凌晨，我们一边喝着自来水一边说：

"哇，真好喝。一大早还是菠萝汁最可口。"

邻居大妈甚至羡慕地说："你们真是吃了不少好东西呀。"

但连我们这群人，也会有老实的夜晚。

有那么一天，大家聚齐后，阿律像往常一样给我们端上了茶水。但是只有茶水，没有年糕，连面包边都没有。

"什么都没有了。"

大家心里都明白，但没有一个人吱声。我们都知道是怎样的状况，因此没有一个人说"肚子饿了"。

但是，由于肚子太饿了，我们已经没有力气像往常一样谈论梦想。

"睡觉吧。"

大家早早地就挤在一起睡了。

半夜里被饿醒时，听见不知是谁的肚子在咕咕叫。

当大家挤在只有四叠半大的破房子里睡觉时，如果听到别人的肚子在咕咕叫，会感觉连梦想都干枯了。

阿律真是太适合做艺人的妻子了。即便我们每晚都闹到深夜，她也不生气，还和我们一起哈哈大笑。而且闹到半夜两三点，第二天早上一到七点，她也会准时去上班。不仅如此，就算把吃的东西推到她面前，她也总是说：

"不用，我不饿。"

阿律很少吃东西，文雅而娴静。

我就不用说了，连其他的年轻艺人也经常冲阿律撒娇，在她发工资的日子，会提前埋伏在她上班的大楼前。

我和宽平，再加上后来的岛田绅助，我们经常在楼前等着阿律下班。仔细想来，几个大男人聚在一起干这种事，真是丢脸。但阿律并不生气，只是无奈地笑笑，带我们去拉面馆。

但是，如果我们得意忘形地非要吃叉烧面，就会遭到她严厉的批评："不行！太奢侈了！"

我们依然死皮赖脸地纠缠，结果听到一句：

"真是拗不过你们。"

但是，说这句话的并不是阿律，而是拉面馆的大叔。他有时会坚持不住，给我们免费加上叉烧肉。

尽管总是填不饱肚子，但能拥有一群和我怀着同样梦想的朋友，以及支持我的梦想的阿律，我的青春时光十分幸福。

不论什么时候回想起来，我都觉得阿律像天使一样，因为她总是吃得很少，把食物都留给我们。但是，最近我仔细一问，结果她说：

"公司订了外卖的便当，每天中午都吃得饱饱的。而且，总会有人出差带回当地的特产，点心零食随便吃。另外，上司还经常请吃寿司……"

原来如此，在我哧溜哧溜喝绿色的米粥时，阿律竟然在吃寿司？

当然，即便听说了这些事，我依然觉得阿律已经做得很好了……

九　　B&B的诞生和散伙

萩原君和我正式登上了花月的舞台。

当时有"展示技艺"的习惯，就是新人在正式登台之前，要先为吉本德高望重的前辈表演，请他们评价。如果获得认可，就能出演花月的垫场节目。萩原君和我顺利地通过了"展示技艺"这一关。

虽说只出演垫场节目，我们的名字也会在"翻页名簿"①上出现。于是，我把自己的艺名告诉了设计部的人。

但关于艺名，我有自己的想法。

对于师父给我起的"岛田洋一"这个名字，我并没有不满意。但看到"笑星NO.1"和"中田袖扣"都那么火，我也想有一个时髦的英文名字。

实际上，在组成搭档时，我曾对师父旁敲侧击：

"啊……师父，组合的名字怎么办？"

"嗯？你是岛田洋一，他是团顺一，这样不是挺好吗？"

"呃，上面还要不要加点什么？"

①像日历一样，在每张纸上按照演出顺序写上演员的姓名，谁上台就翻到相应的那页，让观众清楚谁正在表演。

"加什么？"

"这个……不……不用了。"

师父已经正式给我起了艺名，我无法再提想加上花里胡哨的英语的要求。

但是写在翻页名簿上，"团顺一、岛田洋一"似乎太平凡了，我还是想要一个响亮的名字。

到设计部申报艺名时，我脱口说道："啊，我们是团顺一和岛田洋一。另外，请在上面加个'B&B'。"

"这是什么意思？"

"这个嘛，是'Boy&Boy'的简称，我觉得这名字听起来更响亮。"

"哦，你师父同意了吗？"

"是……是的。"

我撒了个弥天大谎。

不过，我心中打着小算盘。我们是垫场节目，师父是大牌演员，出场很晚。我估计师父不会看到我们的名簿。

不出所料，开始的一段时间平安无事。

但是，过了两个多月，终于东窗事发了！

师父那天好像临时有事，提前来了。因为机会难得，师父便想顺便看看我们的表演，来得更早。

这的确很难得，可我已经顾不上说什么相声了。

看演出的师父不可能注意不到翻页名簿。不出所料，一演完，我就被叫了过去。

"你在名字上面加东西了吧，那 B 什么的是什么意思？"

"啊，这个，是这样的。宣传部的人说，因为不是同一师门，艺名不一致，不容易记住。我就想，是不是最好给两个人起个名字……"

"是吗？"

"嗯。"

"那名字通俗易懂吗？"

"是的。B&B 是 Boy 和 Boy 的意思。"

"唔？"

胡编乱造的牵强的理由总算让我平安过关，但关键还是因为师父具有难能可贵的和善品性。如果是其他师父，甚至可能会将我逐出师门。

我和萩原君组成的 B&B 发展十分顺利，还有机会在关西地方电视台的节目里演出。人们都很看好我们，说我们在 NHK 相声竞赛中很可能会一鸣惊人。

但是，就在离决赛还有四天时，意外发生了。

B&B 要去有马温泉演出。在这场演出中挑大梁的是仁鹤老师。我和萩原君先将老师送走，互道一声"明天见"，各自回了家。这是我们搭档后司空见惯的场景。

然而第二天，演出时间到了，萩原君还没有来。

没有接到任何消息，我正担心他会不会出事，工作人员也焦急地来到后台。

"听说团顺一还没有来？他一个人生活，不会病倒了吧？洋一，你去看看。"

我跑到萩原君的公寓，摁响门铃。

但是，没人应答。难道真的病倒了……

我向公寓管理员说明情况，请他打开屋门。屋里一片狼藉。虽然没到空空如也的程度，但屋子像是遭了抢，一半的东西不见了。

有小偷进来了？我想。但萩原君和我一样穷，并没有什么可偷的东西。

不一会儿，公寓管理员拿来一张纸。

"这是在桌子上找到的。"

纸上是熟悉的萩原君的笔迹，上面写着：管理员，请您把剩下的东西都扔掉吧，我没事，再见。

到底怎么回事？萩原君发生了什么事？我被搞糊涂了。

但是，萩原君失踪了。我只知道这个事实。

直到现在，我依然不知道他失踪的原因。不过，萩原君几年后又回到了大阪，现在是著名的节目企划。

失去萩原君后，我又和一位叫上方真一的小个头青年搭档合作。

我受到萩原君罕见才能的影响，现在也能自己编相声了。新生的 B&B 很快走上正轨，还荣获 "NHK 上方相声竞赛优秀奖" 等奖项。

得奖的威力真的很大，马上就有几个电视节目向我们发出邀请，其中还包括面向全国播放的节目。

吉本的艺人以前从未在面向全国播放的节目中亮相。而且，那是黄金时段的综艺节目，出镜嘉宾除了传统项目的艺人，还有西城秀树、森进一等偶像歌手。

这个节目让我体会到了东京的威力。在此之前，不管我怎么对阿嬷或妈妈说自己上电视了，她们都会说："从来没看到过。"

但是，自从出演这个综艺节目后，阿嬷和妈妈都欣喜地赞叹：

"看见了，看见了。和森进一在一起，太厉害了。"

而且，东京演艺圈的待遇也和关西截然不同。即便是一个年轻歌手，也有三四个经纪人跟着，明星派头十足。

我彻底迷上东京了，也想到那里发展。于是，在搭档两年后，我对真一说：

"咱们要不要去东京发展？"

真一看上去十分震惊。

"可是……东京有吉本吗？"

"呃，没有。"

"没有吉本，而且我又在大阪长大。对不起，我不想去东京。"

真一充满歉意地说。

不管境遇如何，很多大阪人都不愿离开家乡，这足以说明大阪是个极具魅力的城市。但来自地方城市的我，无论如何都无法舍弃对首都东京的那份憧憬。

经过协商，我们决定散伙。之后，上方真一改名为"上方吉雄"，和西川纪夫组成了"纪夫吉雄"组合。

在相声热潮中，我们又在一起工作了很久，不过，那是几年后的事了。

十　阿嬷和阿律

失去搭档上方真一后，我一度产生了走投无路的感觉。

好不容易能在电视节目中演出，但随着组合的解散，这些机会也离我而去，真像又回到了起步阶段。

我当时才二十四岁。

为什么总是这么不顺?！棒球不行，相声也不行。

这辈子真是倒霉透顶。一旦开始这么想，心中浮现出的全是这二十四年来的痛苦往事：

小时候，依恋在外工作的妈妈，在广岛街头走夜路的遥远记忆；

因为乱跑太危险，硬是被寄养到佐贺阿嬷的家中，与妈妈骨肉分离后那种无依无靠的凄凉；

因为没有钱，从河里捡碎木片和树枝当燃料，结果被嗤笑为"捡破烂的"；

饿着肚子无法入睡，在寒冷中打哆嗦的冬夜；

没有一个人专门来看我的运动会……

而且，在那贫寒的生活中努力找到的梦想——成为职业棒球选手，也因为受伤而破灭了。

我越想越觉得自己的人生实在没有意义。

我开始坐立不安，随后冲出家门，从裤子口袋里翻出仅有的一千日元，在香烟店换成了硬币。我粗暴地拿起红色话筒，投进十元硬币，开始拨号。

"喂，喂。"

是阿嬷的声音！意识到这一点的一瞬间，我的嘴便失去了控制。

"阿嬷，为什么?！"

"哎？是昭广吗？"

"为什么只有我总是在倒霉？"

"昭广？"

"从小就被寄养在阿嬷家里，我虽然喜欢您，但因为见不到妈妈，一直很寂寞。如果妈妈不把我扔下不管，我就不会有这么多痛苦的经历……即便如此，我依然努力练习棒球……那么拼命地努力，却因为受伤……"

"昭广？你怎么了？"

"阿嬷，即便是这样，我也从来没有恨过任何人！大家都在大学里继续打棒球，都出了名……虽然很羡慕，但我没有恨过任何人……终于，终于成了一名相声演员……但为什么？为什么只有我这么倒霉?！"

"你不是还在努力说相声吗？"

"……"

"怎么了？"

"又……搭档又不行了……"

"哦……"

我能感觉出阿嬷在电话的另一端屏住了呼吸。

喀嚓、喀嚓，话筒里传来投入十元硬币时发出的声音。

怒火涌上心头，我开始重复说过的话："阿嬷，为什么只有我这么不走运？从小就那么穷，被寄养在您那里——"

"明白了。"

"明白什么了？"

"你的心情我已经很清楚了，不要再说了。电话费怪贵的，我挂了。"

喀嚓！嘟嘟嘟嘟……电话被阿嬷挂断了。

"阿嬷能明白什么呀！"

我粗暴地扣上话筒，本想再打一次，可觉得那样太愚蠢，于是大步流星往前走。

浑蛋，浑蛋，为什么只有我是这个样子？

起初心中充满了抱怨，怒火冲天，但渐渐地，我开始觉察到自己对阿嬷太过分了。

我心中充满了懊悔。

"我说了些什么呀！阿嬷又没做错事，我却把气都撒到了她身上。我该怎样道歉呢？"

组合解散的打击，又加上了对阿嬷的深深愧疚，有好几天我都茫茫然不知是怎么过来的。

有一天，刚回到家，阿律就递给我一封信。"收到了这个。"

发信人是阿嬷。我慌忙打开信封，阿嬷熟悉的字迹映入眼中。

昭广：

　　上次你打来电话，我却匆匆挂断，真是对不起。因为那个时候你正在气头上，我觉得还是先挂断为好。

昭广，阿嬷最近可碰到了一件好事。阿嬷现在还是每天做着清扫的工作，而最近小学的厕所突然变得十分干净。我觉得很奇怪。后来有人告诉我，原来是孩子们下课后为我打扫的。

"每天都让老奶奶为我们打扫，太不好意思了，自己能干的事情就自己干吧。"

这话不知是谁先说的，总之，孩子们在放学前，就会替我擦洗厕所的地面。

阿嬷做清洁工已经很久了，看来长期坚持总会有好事。昭广，你也要继续说相声。

因为受伤无法打棒球，那就没办法了，但说相声的路还很长。

即便是为了把一生都托付给你的律子，你也要努力。实际上，之前律子曾找我商量过一件事。

律子在佐贺的父母，让她回老家和一位教师相亲结婚。

阿嬷当时对律子说，相亲结婚也是一种人生选择。但是，我还是拜托律子，希望她能尽量支持你、帮助你，因为你们是两个人一起拖着旅行箱离家出走的。因此，阿嬷对律子也有一定的责任。

没有谁生来便是伟大的。

但是，只要努力，就可以成为伟大的人。

你们两个人一定要互相支持，一起努力。

阿嬷坚信，你们两个人一起体味到相声之路成功的时刻一定会到来。虽然现在很痛苦，但如果到达了顶点，肯定能看到湛蓝的大海。

不要只想着可能会失败，首先应该拼命努力。

拼命努力的前方，就是成功。

又及：上次你在电话里提到小时候寄养在佐贺的事，我想当时你妈妈比你更痛苦，所以，不许责备妈妈。

读着读着，我忘记了阿律还在身边，号啕大哭起来。

"怎么了？"

"嗯……阿嬷她……"

"阿嬷怎么了？"

"因为我……我说……不再说相声……"

我抽抽搭搭地刚说到这里，阿律突然把眼睛瞪成了三角形，大声怒吼道："你在说什么？身为男人，一旦开始做一件事，就要坚持到最后。"

"嗯……阿嬷也……"

本想告诉阿律，阿嬷信里说了什么，可我哽咽着说不下去了。

阿律却不依不饶地说："你听好了，在演艺圈走红的窍门就是永不放弃。大家都很痛苦，但如果就此放弃，事后肯定会后悔！"

听着听着，我突然有种怪怪的感觉。这家伙说的话竟然和阿嬷说的一样。

"知道吗？你这个人很风趣，必然能走红，一定要等待机会。因为世道并非一成不变，什么样的事情都会发生。棒球也一样，因为有人退役，其他人才能有机会，是吧？你也一样，不知道什么时候就能走红，所以不坚持下去可不行。"

我总觉得似乎在和阿嬷谈话，不由得一边流泪一边笑了起来，结果又遭到了阿律的训斥："喂，你在听吗？"

"嗯。"

"真的？"

"嗯。"

"放弃可不行。"

"嗯。"

我一个劲儿"嗯、嗯"地点着头，同时，发自内心地庆幸和自己一起拖着旅行箱离家出走的是阿律。

第二年，确实如阿嬷和阿律所说，机会再次降临了。

我无法登台演出，就整日在花月里晃悠。一天，桂三枝先生叫住了我："小伙子，不说相声了？"

我苦笑着说："是的，正在寻找搭档。"

没想到三枝先生突然说："哦？他怎么样？"

三枝先生指着一位负责做司仪的瘦瘦的小伙子。

"大哥，别说得那么简单。"我笑着说。

但是，三枝先生却满脸认真。

"就是很简单哪。你快看，那小子一表人才，今后啊，说相声的也是长得帅就容易走红。"

"啊？"

"而且，他的长相有点像外国人，身材细长，而你是胖乎乎的。这种不协调才有意思，说不定做搭档就能走红。"

"真的？"

三枝先生不光单口相声说得出色，还一向很有远见。他这么说，似乎很有道理。

于是，过了几天，我问那个小伙子（他本名似乎叫藤井健次）："要不要和我一起说相声？"

而他似乎完全不感兴趣，说了一句："我想演戏。"

不可思议的是，听他这么一说，我反而更想和他搭档了。

"说相声更有意思，而且两个人就可以。演戏就麻烦了，还不知道能不能走红。如果说相声，我以前有过一点经验，多少还有些自信。哎，一起说相声吧？"

在我接连不断的热情劝说下，他终于同意了。

"好吧，我说相声吧。"

叫"岛田洋一"时，我经历过两次与搭档的分手，于是，我决定和师父商量改个名字。

我抱着"跌倒七次爬起来八次"①的念头，改名为"岛田洋七"，而做司仪的瘦高个儿藤井健次的艺名，就定为"岛田洋八"。

我在心中暗自发誓：我们两个人的目标是东京。

----

①日本俗语，意为百折不挠。

十一　真的结婚了

我终日忙着苦练相声，不过心里一直盘算着，要想办法解决和阿律之间的问题。

尽管已向阿律的父母禀告了我们现在的住址，但如果得不到他们的认可，总是于心不安。于是一有时间，而且攒够了路费，我就去佐贺阿律的父母家。

在大阪安定下来不久，我第一次去见了阿律的父亲，当时真的吃了一惊，也切身体会到了阿律说的"我父亲很恐怖"的感受。

他身材健壮，一看就像个渔夫，脸被晒成了红黑色，那双手大得像棒球手套。这个高大的男人眉头紧锁，表情极其严肃，身穿和服，纹丝不动地坐在那里。

我真想低头行礼，赶紧说声"告辞"，便飞也似的逃走。但是，一想到为了支持我在布匹批发店努力工作的阿律，便打消了这个念头。

我深深地低下头，恳求道："我们擅自离家出走，真是对不起。请允许我和您女儿结婚。"

只听到一声大喝：

"我能把女儿嫁给一个说相声的吗？"

我一下子就被击退了，只好垂头丧气地回到阿嬷家，向阿嬷道歉："我竟然离家出走，真是对不起。谢谢您给我寄的信和钱。"

"昭广，用不着对我道歉。如果阿律对你真的很重要，你就要一次次地去阿律父母家，直到对方认可为止。总有一天他们会接受你的。"

阿嬷说完后，又给了我两千元。

第五次去佐贺的时候，我最终得到了阿律父亲的认可，此前每次都被怒吼声赶出家门，然后就住在阿嬷家中。

"又被拒绝了。"

见我无精打采，阿嬷总是既严厉又温柔地鼓舞我：

"没有别的办法，只能再一次次地去，直到人家许可为止。因为你在认真地努力，过一段时间他们总会明白的。"

而且，每次她都会塞给我两千元，有时还会问："那个旅行箱还在吗？"

当然在，我使劲地点头。

离家出走时两人带着的那个旅行箱，装满了阿律和我的回忆。每当我们遇到挫折时，就会看着那个旅行箱，说："还记得吗？"

"嗯，记得。"

之后，我们还会互相开玩笑：

"只是在离家出走的时候用过一次呀。"

"嗯。"

"以后咱们有了孩子，如果他想离家出走，可以借给他。"

"傻瓜，说什么哪！"

我第五次去拜访阿律的父亲。这时，距我们离家出走已过了一年半的时间。

阿律的父亲依然像身穿和服的赤面鬼一样令人恐惧，但那天却罕见地没有大声怒吼，而是平静地说：

"已经来了几次啦？"

"五次。"

"既然能来这么多次，看来是真心的。好吧，就把阿律嫁给你吧。既然嫁给了你，你想怎样都行。如果生活困难，让她工作也可以，这是你的自由。不过，绝不允许你们离婚。"

岳父依然满脸不高兴，但我似乎已经获得了结婚的许可。

岳母似乎松了一口气，说："太好了。你现在是我们家名正言顺的女婿了，今天就住在家里吧。"

我马上给阿律打了电话。

"阿律，你父亲同意了。"

我和阿律手握着话筒，异口同声地说着"太好了，太好了"。打电话时，我无意间看了一眼客厅里的岳父，"赤面鬼"竟然在笑。

岳父总是绷着脸，所以，他此刻的笑脸在我看来是天底下最和蔼可亲的。

那天，我第一次和阿律的父母一起吃晚饭。我面前斟上了啤酒，岳父却一直喝茶，听说他不胜酒力，真是人不可貌相。

我喝了点酒，眼泪就有些控制不住，哭着说：

"真的很谢谢您。"

岳父也像喝醉了酒一样满脸通红，眼中也含着泪花。

"高兴的时候可以哭。哭吧，尽情地哭吧。"

然后，他用与自己魁梧的身体不相称的声音低低地说道：

"一定要好好待律子。"

这时，岳母也偷偷擦着眼角。我再也不觉得岳父恐怖了。

第二天早晨，他把满满一大纸袋有明海养殖的海苔塞给我，让我带回去。那双大手还是和棒球手套一样，但让我感觉分外可靠和安心。

正式获准结婚后不久，我和阿律可爱的女儿就诞生了。

在相声方面，尽管遭受过和搭档分离的挫折，但和洋八组成B&B后，我的事业逐渐稳定下来。

但是，还有一件事让我忐忑不安。师父并不知道我已经结婚了，当然更不知道我还有了孩子。

我并没有打算隐瞒，只是在拜师时，无论如何也没敢说正和女友同居，只对师父说自己要打工，不希望当入室弟子，想在外面居住，之后也一直没有机会说到阿律。

年轻艺人们都把我家当据点，阿律在吉本自然也名头响亮，几乎无人不知。只有师父做梦也没想到我已经成家，还有了孩子。

就在这时，传来了B&B的捷报。和洋八搭档的第二年，我们荣获读卖电视台的"上方相声大赛银奖"。

像我们这样的年轻艺人竟然能获得名头如此之大的奖项，实在难得，工作人员都替我们高兴。大家都建议我在庆祝气氛高涨的颁奖典礼上，向师父坦白结婚的事。周围人都说：

"在摄像机面前，师父不会轻易发火，没事的。"

但我依然害怕师父，万一被逐出师门可怎么办呀？但大家纷纷说"没事，没事"，我也只好同意。

颁奖典礼那天，主持人热情洋溢地介绍我们：

"第六届上方相声大赛银奖获得者——B&B。"

会场马上响起了热烈的欢呼声，我们毕恭毕敬地领取了奖状。

"B&B的师父岛田洋之助先生、今喜多代女士也赶来庆贺了。"

今喜多代女士既是师父的妻子，也是师父说相声的搭档。不愧是相声界的明星伉俪，两位师父身穿典雅的和服，满脸笑容地登场。

会场响起更热烈的欢呼声。主持人话锋一转：

"实际上，有一位岛田洋七先生特别希望师父能见的人，今天也来到了现场。有请——"

抱着女儿尚美的阿律出现了。

"师父，实际上我……"

我手握话筒，准备将阿律和孩子的事和盘托出。突然，我瞥到了今喜多代师父的表情，不由得心里咯噔一下。

今喜多代师父的脸就像能乐①的面具一样恐怖，正恶狠狠地盯着阿律。

会挨骂，会挨骂，难道真的会被逐出师门？我心中七上八下，但面对镜头，只好硬着头皮继续说道：

"我已经结婚，还有了孩子。这是我的妻子律子。"

会场上更加热闹了。师父的确吃惊不小，还好，他抱着我的肩膀，含着泪说：

"为什么之前一直不告诉我？不过，这是好事，能告诉我太好了。"

问题是喜多代师父。我偷偷地瞅了一眼。她正用手绢擦拭眼角。

---

①最具有代表性的日本传统艺术形式之一。

四目相对，喜多代师父笑容和蔼地对我说：

"你该早点说，真拿你没办法。"

我总算松了口气，但师父刚才那类似能乐面具的表情到底是怎么回事？

谜底一下舞台就揭晓了。到了后台，洋之助师父说："喜事应该早点说呀。"

"我担心会被赶出……"

"你都有孩子了，我怎么能反对呢？况且一直这样隐瞒，律子小姐太可怜了。如果早点知道，我还能帮帮你们。"

正在这时，喜多代师父插了一句："真是的，吓了我一跳。当律子小姐和小尚美出现的时候，我还以为是你师父的私生子呢。"

喜多代师父的话，让我一下明白了刚才那可怕表情的含义。我心中暗想：在B&B的颁奖典礼上，怎么会想到洋之助师父要和孩子含泪相见呢？估计喜多代师父也有些被盛大的场面搞糊涂了。

这些暂且不谈，那天晚上师父为我们得奖安排了庆功宴，我觉得就像是我和阿律的结婚盛宴。终于能让阿律公开露面了，这让我打心底松了一口气。

"今后也请多多关照。"

和师父夫妇寒暄的阿律，充满了一位妻子的坚强和自豪。

不知不觉中，"阿律"已经变成了可以依靠的"妻子"。

因此，如果一直叫她"阿律"有些难为情，在以下的篇幅中将改称"妻子"。

十二 进京！发布会！息肉？

有时妻子会说："老公，这样的日子我们要过到什么时候？"

"不能老想着自己穷，就当自己在玩扮演穷人的游戏。"

听我这样一说，妻子哈哈大笑。

"说相声的真会说话。"

当时就这样过去了，但几个月后，妻子又开始说：

"唉，这个游戏好长呀。"

"啊？"

"一般的游戏再长也不过两三天嘛。"

没办法，我只好说道："啊，确实是。那你想怎么办？"

结果妻子笑嘻嘻地答道："下次我想玩扮演有钱人的游戏！"

这么说来，我也想玩那种游戏。

在获得那个银奖的第二年，我和洋八又获得了第十三届上方相声大赛的"鼓励奖"。B&B 的实力得到了大家的认可，在关西地区已相当有名气。但是在收入方面，年轻艺人的报酬并没有多少。

于是，我想起了在东京见到的五彩缤纷的演艺圈，觉得去东京发展的时机已经成熟。我曾因为想去东京而被迫和搭档分手，特别担心洋八也会为此离我而去。

我把洋八叫到梅田花月前的咖啡店，慎重地说出了自己的想法：

"是这样，洋八先生，您是否想过去东京发展？"

洋八比我入行晚，但我却不由得用上了敬语。

洋八很不自在地看着我。

"别那么客气，你可是我的师兄。"

可万一洋八跑掉就麻烦了，于是我继续用柔和的语气说道：

"啊，用敬语怕什么。那么，您的答复是……"

"真的，不要这样客气。"

"您能否给我个答复？去东京吗？"

"好啊。"

"什么？"我有些怀疑自己的耳朵：竟然这么简单就答应了？

洋八却满不在乎地重复了一遍："去东京是吧？好啊。"

"离开大阪也可以？"

"我是冈山人，只要能说相声，大阪和东京都一样。"

"真的？太好了！好嘞，洋八，咱们一起努力吧！"

喜出望外的我又恢复了往常的说话方式，兴奋地使劲敲打洋八的后背，差点儿打得他"遍体鳞伤"。

我总算放心了，马上安排去东京的事宜。

本以为会遭到吉本兴业管理层的反对，没想到他们很支持，还热心地为我介绍东京的演艺圈："如果东京有吉本的机构就好了，可惜还没有。你看去这家事务所怎么样？"

艺人们都鼓励我们："要好好努力呀。"

桂三枝先生颇有感触地说："太好了，太好了，看我给你介绍的搭档不错吧？"

"三枝先生，您只是用手指了一下洋八。"

这句话当然不能说出来，我只是在心里嘀咕了一下。

我想对阿嬷说一声，于是打了电话。结果阿嬷说："所以说嘛，我早就说让你去东边。你为什么老在大阪呢？"

那口气好像在责备我以前一直磨磨蹭蹭、犹豫不决。

我终于能毫无顾忌地去东京了。但是，只能暂时把家人留在大阪。如果全家一起搬家，费用会相当可观。而且，新东家户崎事务所给我们准备的房子，是供我和洋八居住的一套两居室。

"现在不能马上带你去东京，对不起。事务所每月给我十五万日元工资，我给你寄十三万，我想付完房租后勉强够用。我就设法应付吧。"

"好，你也要努力呀。"

"嗯。我会努力，尽早把你们接到东京。"

话是这样说，但以后的事情还不知道会怎样。说实话，我在心中暗暗盘算，如果努力两三年不能成功，只好放弃相声，返回广岛。尽管吉本待我很好，但如果在东京发展失败，我也的确无颜再回大阪了。

临近出发，我整理行李时，妻子说：

"老公，你坐豪华的特等车厢去怎么样？这才像个明星。"

"傻瓜，哪有钱呀？"

"从这里借就行了。"

妻子手里拿着三岁的女儿和一岁的儿子的存钱罐。孩子的压岁钱一直存着，从没动过，合在一起大约有两万五千块。

"可这是孩子的钱呀。"

"没关系，没关系。反正他们这么小，还不知道钱是干什么的，该借的时候就借。"

于是，我双手合十，恭恭敬敬地借用存钱罐里的钱，买了两张新干线特等车厢的车票。不管怎么说，竟然从孩子那里借路费⋯⋯我再次下定决心，一定要尽快玩上"富人的游戏"。

到了出发的那一天。同样是去东京，但被塞进狭小的座位和乘坐宽敞的特等车厢，感觉就是不一样。

"好，一定要大干一场。"

我情绪极为高涨。但列车刚过京都，坐在身旁的洋八突然哇的一声哭了起来。

洋八比我小一岁，当时二十七岁了。快三十岁的大男人突然哭起来，我很吃惊，而且那和孩子的哭闹不一样，也不好说什么。我默不作声，假装没看见。洋八一直哭个不停。

到名古屋附近，洋八终于不哭了。我才问道："你是怎么了？"

"突然感觉很害怕。"洋八的眼睛依然红肿着。

我对未卜的前途也一样感到不安，十分理解洋八的心情。

说实话，我也想和洋八一起大哭。但那样做的话，两个人可能刚到名古屋就掉头返回大阪了。

新东家户崎事务所给我们准备的房子位于门前仲町。进入两居室的房子一看，不知为什么，餐桌上摆着一台收音机和一百多袋方便面。浴室里还有一块肥皂、一瓶洗发露和一瓶护发素。

事务所似乎特别细心周到，让我们能马上安顿下来。但屋内摆放的东西实在有些古怪，让我们哭笑不得。

"这家事务所没问题吧？"

我和洋八很不放心，抱着这种怀疑态度，实在对事务所很失礼。

在那个年代，户崎事务所的户崎社长竟然自己出了三百万，为我们召开了新闻发布会。户崎事务所规模不大，只有凯·安娜等四五个艺人和两名经营者。由此看来，对我们真是花了血本。

既然户崎社长这么看重 B&B，我们自然干劲十足。

发布会在东京车站附近的皇宫酒店举行，邀请了多家报刊、电视台、电台等媒体前来参加，场面盛大。我们现场表演了一段三四分钟的短短的漫才，深受欢迎。

邀请的客人中，有朝日放送的原编导——曾制作过著名长寿节目《三度笠》的泽田隆治。泽田先生已离开朝日放送，创办了一家节目制作公司。

"谢谢你们今天邀请我参加宴会。以后我们找机会在黄金时间开办相声节目，到时肯定让你们出场。就这么说定了。"

听著名的泽田先生这样说，我们立刻有些飘飘然，还想：如果在东京有一堆一堆的工作找上门来，那可麻烦了。但是，我们过于乐观了。

在关西时，尽管是地方台，但 B&B 毕竟有在好几个电视节目中表演的机会，而东京没有相声节目，我们只能去曲艺场演出。

亮相的地方选在浅草的曲艺场。

第一天，首次在东京登台演出，我们十分紧张，而且观众席也有些古怪。

座位上只有二三十个人，站着的人却很多。原来，听说在关西走红的艺人打入了东京，东京的年轻艺人全都跑来了。

演出结束回到后台，一位年轻艺人走过来说：

"你们演得那么有趣，为什么要来东京？"

"想在东京闯出点名堂。"

"吉本本身就有剧场，而且说相声的话，大阪不是更好吗？"

或许对方并没有恶意，但那口气似乎是在赶我们走。

现在想来，他们或许是忌惮 B&B 的实力，我们本应该更有自信。但是，当时我们可没有今天的从容。满脑子都想着自己要受人瞩目、不能被人看不起，结果开始不必要地较起劲来。

这种较劲也表现在相声中，自然无法博得观众的笑声。因为无法博得笑声，我们更加焦躁，更加停滞不前。

在这种恶性循环中，我的喉咙出现了异常。从演出的第五天起，声音变得嘶哑，十天的曲艺场演出结束时，已经几乎说不出话来。

到医院后，我被诊断为喉咙长了息肉。

"只能切除了。"

于是只好决定动手术。我的情绪跌落到了谷底。来到东京本想大干一番，真是不走运！躺在病床上，我几乎陷入绝望。

"德永先生，有人来看您了。"

护士领进来一个人——在大阪就很关照我的读卖电视台编导有川先生。

"听说你住院了，这个拿去用吧。"

有川先生从钱包里拿出一万元，塞到我手里。

因为说不出话，我在纸上写下"谢谢"。结果，不知有川先生出于什么考虑，竟然在纸上写下"不用客气"。

我又写道：有川先生，您直接说就行了。

"为什么？"有川先生依然在纸上写道。

"动手术的是我。"

"写一写也挺好。"

"我耳朵能听见。"

"我知道。"

就这样，我们竟用写字的方式交流了三分钟。我觉得轻松了不少，绝望的心情也被冲淡了。

或许有川先生是故意这样做的，为的就是给病床上的我打气。

既然得动手术，当然会需要钱。住院时要交的费用勉强凑齐了，但我几乎把所有工资都寄给了家人，手头根本没有钱。

因为我没法说话，只好拜托值班护士给大阪的家人打电话。

护士是位年轻的女士，感觉只有二十五六岁。她痛快地答应了。但是，打完电话后，她很同情地对我说：

"呃……您夫人说没有钱，让您在这边想办法……"

我再一次跌回之前的绝望中。

因为刚来发展，不好意思跟户崎社长借钱。我绞尽脑汁也想不出什么好办法。第二天早晨，我检查完后回到病房，发现枕头边放着一个白色信封。

打开一看，里面有两万三千元和一封信。

> 德永先生，我去休假了，这段时间不在医院。这些钱，您先拿去用吧。

信的最后，写着我拜托打电话的那位护士的名字。

竟然向护士借钱，真是太过意不去了。但那时，如果我不收下这笔钱，也实在想不出其他解决办法，只能欣然接受对方的好意。

出院时，我说："过些日子，我肯定来还钱。"

她却微笑着说："等你上了电视再还也行。"

原来，她知道我是相声演员，了解我的境遇，所以借钱给我。我很受感动。

　　最后去还钱，是数月后我获得日本放送演艺大奖"最优秀希望奖"，并领到奖金后的事了。但是，当我拿着钱前去拜访时，那位护士已经调到了老家长野的医院。

　　我说明事情缘由，问清了联系方式，把致谢信和钱寄了过去。因为没能当面致谢，至今仍然感到遗憾。

　　那时打听到的地址现在已找不到了，即便还有，也不知道她是否还在那里。

　　那位护士小姐，如果您读到这本书，请务必与我联系。

十三　东京的人情味

户崎事务所为我们租借的房子位于门前仲町，这里是历史悠久的平民区，没有高楼大厦鳞次栉比的东京味道，只是让人感觉充满了江户风情。

　　经常听人说"东京人很冷淡"，但门前仲町那样的平民区，我倒觉得比其他地方更具人情味。

　　从经营山本运输公司的房东山本先生一家那里，我切身体会到了这一点。

　　就在我刚入住的第一天，"叮咚！"门铃响了起来。

　　在这里还没有熟人，是谁摁门铃呢？打开门一看，房东太太站在门口。

　　"初次见面，我是房东山本。听说你们是大阪来的相声演员，加油努力吧。我想你们对这一带不熟悉，就写了这个。如果有其他困难，尽管来找我。"

　　房东太太递过来一张写得密密麻麻的纸。仔细一看，上面写满了附近的相关信息：

××干洗店，洗衬衣比其他店便宜二十元。

××药店，星期天卫生纸特价。

××蔬菜店，比超市划算……

我每个月几乎把工资都寄给家人，自己只有两万日元的生活费，对我来说，这些信息真是太有价值了。

到了傍晚，"叮咚！"门铃又响了。出去一看，又是房东太太。

"我老公叫你们来一下。"

我们被领到紧邻公寓的房东家里，看到餐桌上已为我和洋八摆好了晚饭。对于刚来东京、内心忐忑不安的我们来说，有人请吃晚饭当然高兴，更重要的是，他们的关照和温暖的笑容让我们心里踏实了许多。

临走时，山本社长还给了我们红包。

"明天用这个买些好吃的。"

之后，山本社长一有机会就送给我们红包。

我从来没动过红包里的钱，一直存着以备万一有事时应急。后来拿出来一数，竟然有十多个，令我十分吃惊。

从送红包的事上大家也能看出，山本社长是个地道的东京人。一说到东京人，肯定会想到寿司。

傍晚，只要在附近遇到山本社长，他肯定会说："今天没工作？去吃寿司吧，吃寿司！"然后爽快地带着我们去附近的寿司店。

一进寿司店，社长总会十分大方地请我们饱餐一顿。而且，他还不忘向寿司店老板宣传我们：

"他们是B&B，相声演员组合，现在就住在我家公寓里，不久就会走红。"

他如此热心，让我们万分感激，唯有一件事情令我们很为难。

社长有个弟弟，两个人共同经营运输公司，兄弟俩的脾气完全一样。弟弟也经常请我们吃饭。

兄弟二人的关系并非不好，只是白天一起工作，晚上就想分开消遣。这兄弟俩却经常为争抢 B&B 发生口角。

"哥哥，今天我带 B&B 出去。"

"说什么呢！说好跟我去的，洋七先生，是吧？"

因为两个人互不相让，有时我和洋八只好分开，我跟着社长，洋八跟着社长的弟弟。

不过，他们并非只对我们如此关照，对街坊四邻也是这样。社长一家特别关心街坊们，本来凭他们的经济实力，完全可以去银座喝酒，却每次都去附近的小店。

山本社长的说法是："反正要花钱，当然要把钱花在街坊身上。"

所以，只要街上有新店开张，社长肯定要带我们去。而且，他会尽量多花钱。

有一天，一家荞麦面店开张，我真是"吃尽了苦头"。

我和社长去那里吃午饭。虽然正值午饭时间，顾客却不算多。我们俩每人吃了两屉荞麦面，社长说：

"洋七，客人不多，这样可不太好。咱们再各吃两屉怎么样？"

"社长，我吃不下了。"

"哦。可是，你不觉得人少吗？"

"的确不多。可是，我已经吃不下去了。"

"这样啊……"

尽管已经吃了很多，为荞麦面店做出了贡献，可社长总觉得店里人少，应该再多吃点，真有意思。

我喜欢山本一家，因为他们与从小养育我的阿嬷有相似的信条。

阿嬷并不像山本社长那样富裕，无法把钱花在街坊四邻身上。即便如此，在炎热的夏天，只要有时间，阿嬷就会往街坊四邻门前的路上洒水；过年的年糕做好后，也会分给邻居，尽量为大家做点好事。而且，阿嬷说过：

"真正的体贴是让人察觉不到的。"

我不喜欢那种明显施恩并让对方产生压力的关心，估计山本社长一家也是这样。所以，社长夫人来叫我们去吃饭时，从来不说"来吃晚饭吧"，而是说：

"做菜做多了，这下麻烦了。"

或者是："我老公说找你们有点事。"

新开张的店，如果带上一大群公司同事去，当然能让店里赚不少钱，但那样店主肯定会心存感激，觉得社长为自己带来这么多顾客。社长不喜欢这种虚张声势的做法。

现在回想起来，我依然庆幸自己遇到了一个好房东，真是万分感谢。

十四　　一夜成名

在皇宫酒店的发布会上遇到的泽田先生告诉我们：

"要在黄金时段安排相声节目了。"

这是刚来东京几个月后的事，幸运之神竟然这么快就降临了。不过，这都是泽田先生的功劳。

"既然和你们说好了，肯定会让你们出演，但要夹在名人之间。"

这档节目叫《花王名人剧场》，每周日晚九点开始，绝对是黄金时间。这个时段以前主要播放电视剧，泽田先生大胆创新，鼓足干劲要靠相声一博胜负。

节目录制定在岁尾的十二月二十二日，在国立剧场曲艺场进行，采取让普通观众进场观看的公开录像形式。

整整一个小时的节目，只有三组相声演员出演。B&B之外的两个组合是"靖与清"和"森特与圣路易斯"，都是全国走红的赫赫有名的演员。

因为是公开录像，第一个出演的节目难度最大。而我们因为要"夹在名人中间"，所以第二个出场，反倒非常成功，博得了满堂彩。

我永远不会忘记这个节目播出的日子——一九八〇年一月二十

日。那天，B&B 在大阪有演出，户崎社长也和我们一起前往。

工作结束后，我们打算一起看节目，于是在烤肉店边吃边等。

九点钟，《花王名人剧场》开始了。

"激战!! 相声新干线"的标题出来后，我们目不转睛地盯着屏幕，谁也顾不上烤肉了。

"森特与圣路易斯"的表演结束后，终于轮到我们。表演开始了。

因为只有三组相声演员，每一组的表演时间足足有十五分钟，其间多次出现我们的特写镜头。

渐渐地，身边的客人开始看看我们，又看看电视画面。

"喂，那是不是你们呀？"

甚至有人开始和我们打招呼。节目结束后，我们草草地吃了几口就赶紧出了烤肉店。

但是，在回酒店的路上，又有几个人上来搭讪：

"啊，就是刚才电视上的那两个人！"

"真的！"

那一夜，我切身体会到了黄金时段的巨大威力。

更吃惊的还在后头呢！第二天早晨，我们去新大阪车站坐新干线，在那里等待我们的是人生第一次的壮举——竟然接连有五个人请我们签名。

我们在关西地方台露面那么多次，都没有这样的效果。

户崎社长又告诉我们一个惊人的消息。

"昨天晚上，花王公司给我打电话，希望你们为他们的产品拍广告。"

据户崎社长讲，这是看了昨天的节目后，花王公司的负责人直接发出的指示。

"听说是男士生发洗发露的广告，可以吗？"

这还有什么可以不可以，光听说要拍广告就很震惊了，更何况是洗发露。

洗发露并非比拉面或烤肉调味汁厉害，但感觉更好，而且一般都是由美女来拍广告，真让人有些不敢相信。

我马上打电话向妻子报喜。"我要拍洗发露广告了！"

"什么广告？"

"洗发露！"

"行了，知道了、知道了。再见。"

妻子没多说一句就挂断电话。我以前说话总爱不着边际，这回又被妻子认定在胡说八道了。

我又打给阿嬷，问道："阿嬷，昨天看电视了吗，就是《花王名人剧场》？"

"没有。"

"为什么？在佐贺也能收到吧？"

"是能收到。我担心你的相声不受欢迎，一直在向菩萨祈祷。"

"阿嬷，那是录播，跟这个没关系。"

我拼命解释，但阿嬷就是分不清现场直播与录播的区别。

后来听与阿嬷同住的舅舅说，到了播放的时间，全家人都聚在电视机前，只有阿嬷在佛像前摆好架势，开始大声祷告："南无阿弥陀佛，南无阿弥陀佛，菩萨保佑昭广的相声大受欢迎……"

电视和佛龛放在同一间屋子里。

"妈妈，太吵了，听不见电视声音啦。不用祈祷，这是录像，没关系。"舅舅他们说了好几次，想让阿嬷停止祷告，但直到最后阿嬷都不听。

这个小插曲让我感受到阿嬷对我的爱，同时也很同情舅舅一家人，因为他们没能好好听相声。

我们时间很充裕，马上能开始广告的拍摄。

到了摄影棚，好几十位工作人员都出来迎接，对我们说："早上好。"

广告制作公司的人、花王宣传部的人接二连三地上前打招呼、递名片。

这时，我茫然地想：难道我成明星了？与以往受到的待遇相比真是有天壤之别。

拍广告时，我和洋八站在一起，抹上洗发露弄得满头泡泡，嘴上还说："花王防脱洗发露感觉真爽快！"

因为反复拍摄了数十次，结果第二天，只要头发一湿，就会起一堆泡沫。

我赶紧打电话向妻子汇报。"不光能挣钱，而且头发一湿就能起泡泡，太厉害了。这广告真不错。"

好容易相信我拍广告的事是真的了，她高兴的方式却十分怪异。

我经常给妻子打电话，但自从来到东京后，还从未回过大阪的家。即便去大阪演出，我也和洋八、社长一起住在酒店。

如果是公司职员一个人赴任，虽然也有独自生活的寂寞，但能无忧无虑地与家人见面，因为他们知道何时能再相聚。而我却不知何时才能与家人生活在一起，在这种情况下和家人见面太痛苦了。

而且，只要见面，妻子肯定会问："什么时候接我们过去？"

我也只能回答："再过段时间。"

一想到这些，我都有些不敢回家了。

大概是察觉到了我的心情，有一天，户崎社长说：

"洋七，该把家人接来了吧？"

"这个嘛……现在还有点困难。"

我当然想把家人接到东京，也时常从杂志上查看东京的房租价格，但靠每月十五万元的收入，很难维持四口之家的生活。

不料，户崎社长爽快地说：

"没关系，没关系，从下个月开始改为分成制。"

"如果改为分成制，就没有了稳定收入，那更可怕了。"

听我这样说，户崎社长这才告诉我花王要委托我们工作的事："听说要举办一个叫'头发护理节'的活动，为期半年。希望你们每周的周六和周日在全国各地巡回演出，举办签名会或见面会。花王说每天的报酬是七十万，还说报酬不高，实在不好意思。洋七，怎么样？"

"没有什么怎么样，回答当然是肯定的了，社长！"我立刻来了精神。

户崎社长心里当然明白，却故意这样问我。我能不干劲十足吗？

当时，对于 B&B 来说，每天七十万元已是破格的超高报酬。因为我们在百货公司楼顶的舞台上表演三十分钟，报酬一般只有五万元。我用并不擅长数学的大脑拼命计算：每周有两天能拿到一百四十万，一个月有四周，一共有五百六十万。即便和事务所、洋八三方平分，在这半年中，每月也能有一百八十万的收入。

"太好了！这样，我可以把家人接来了！"

我兴高采烈地给妻子打电话：

"来东京吧。暂且先来我住的地方，让洋八搬出去。"

喜出望外之下，我竟然一不留神说出了心里的小算盘，洋八当然不会默不作声。他急匆匆来到电话旁，狠狠地说：

"我不搬出去。"

我捂着话筒，恳求洋八："求你了，你搬出去吧。你是单身，怎么都好对付，我可是拖家带口。"

"好吧，我出去找房子。"他不情愿地同意了。

那已是数十年前的事了。在过去，洋八曾无数次为我做出这样的牺牲。

刚来东京时，因为要给家人寄钱，我总是敲诈洋八，吃完饭就说：

"洋八老师，多谢款待了。"

洋八虽然会咕哝"真是的，你总是这样"，可从不生气，每次都笑着为我付钱。

洋八真是一个好人。

决定进京后，妻子马上向阿嬷打电话汇报：

"阿嬷，昭广叫我们去东京呢。"

"太好了，太好了！一家人就应该住在一起。"

阿嬷像是自己的事一样替我们高兴，还问："律子，那个旅行箱还在吗？"

"嗯。一直带着。"

从那间四叠半大的公寓开始，我们已经搬过好几次家了，但每次都不会忘记离家出走时买的旅行箱。

阿嬷似乎很满意。

"那才是最重要的。冰箱或洗衣机可以随时更换，但是，旅行箱里装的东西永远不能变。不管是美好的回忆还是痛苦的往事，绝不能扔掉这些东西。"

为什么妻子会第一个想到向阿嬷汇报呢？因为自从我来到东京后，阿嬷一直在给妻子寄大米。

"我不是早就说让你去东边吗？"

在我面前若无其事的阿嬷，竟然给妻子寄去了这样一封信。

> 昭广是个努力的孩子，尽量不要让他担心。我想，昭广不在身边，你们的日子不好过，阿嬷会给你们寄大米的。

妻子自己带着两个孩子留在大阪，阿嬷的支援让她无比高兴。

不过，自己没有种地，却要给别人大米，这的确像阿嬷的务实风格。听到这件事时，我的眼泪差点流出来。

终于到了妻子和孩子来东京的日子。一大早我就坐立不安。

一个朋友用卡车帮忙把行李从大阪运来，妻子和孩子也一起搭车过来。

我知道到达的大致时间，但那个时代根本没有手机。一旦出发，就无从知晓旅途中的进展情况。

我从离约定的到达时间还有四个小时的时候开始，就在阳台上翘首等待：怎么还没到？怎么还没到？

尽管离预定时间还早，可我总是担心他们路上会出什么事，焦躁不安地想：真慢呀，他们在干什么呢？会不会迷路？坐这么长时间的车，孩子们会不会觉得没意思而哭闹呢？

真是越想越担心。

我无数次地看表，发现竟然才过了五分钟，不禁怀疑表是否在动，还拿到耳朵边仔细听。

熬过了漫长得似乎没有尽头的时间，远方终于出现了一辆卡车的影子。

"那个，是那个！"

看着看着，卡车离公寓越来越近。

我挥着手大喊："在这里！"

妻子似乎听到了，从卡车上探出身子冲我挥手。

高兴，太高兴了！我真希望全世界的人都能看到这个场面，真想大喊着"万岁"，在附近跑上几圈。

卡车终于到了。一看到妻子的笑脸，我的眼泪竟然止不住地流出来，尽管自己也觉得很难为情。这时，山本社长的弟媳说：

"快，快去抱抱他们。"

她使劲推了我一把，把我推向妻子和孩子。

我一边哭，一边紧紧地抱住了怀抱儿子的妻子和幼小的女儿。

抬头一看，过来帮忙的洋八也受我们的感染，泪流满面。

山本社长夫妇走过来，高兴地流着眼泪说：

"太好了！太好了！"

然后，大家边哭边开始搬行李。行李真的很少，承重四吨的卡车空荡荡的。要说家具，只有一个破破烂烂的衣柜和被炉。我对妻子说：

"你把这东西扔掉就是了。"

另外就是装着衣服和锅碗瓢盆的纸箱。从少得可怜的行李中，也能看出妻子受了多少苦。我的眼泪越发止不住了。

"为什么要哭？"

女儿尚美突然傻傻地冒出这句话，逗得大家都破涕为笑。

卸完行李，就剩我们一家人时，妻子带着少有的严肃表情说：

"老公，谢谢你把我们接过来。"

我很难为情，只说了句："傻瓜。"

这时，叮咚、叮咚，门铃响了。山本社长亲自登门：

"洋七，咱们去吃寿司庆祝一下吧！带上你的夫人和孩子一起去！"

十五　人生的泡沫

山本运输公司的事务所就在我住的那栋公寓的一层。因此，每天早晨在公寓前停车场举行的早会，我们都能听得一清二楚。

　　运输公司上班很早。那天，我还像往常一样在睡觉，突然，清晰地传来了社长的讲话声。

　　"大家早上好。今天告诉大家一个喜讯：就住在我们公寓、前途无量的相声组合B&B，为花王洗发露拍广告了。"

　　我一下从床上蹦了起来。

　　既然我能听见，也就是说整栋楼的住户，不，这一带的住户都能听见!

　　"啊，社长，你在说什么呀!"

　　我十分不好意思，脸一直红到耳根。社长还在继续：

　　"诸位，今后洗发露就选花王，一定要用花王的防脱洗发露。"

　　我想，所谓"恨不得找个地缝钻进去"，就是指这种时候。

　　当然，山本社长全力支持我们的心意让我万分高兴。因此，当山本社长对我和妻子说，会帮我们重新装修房子，希望我们一直住在这里时，我真的很想留下。但是因为有孩子，考虑到幼儿园的情况，无法继续住在这里。

我婉言谢绝了山本社长的提议，感谢他一直以来对我的关照，然后搬出了这套居住不久但印象深刻的房子。

新家在越中岛一栋新建的公寓楼里，稍微添置了几件家具。这时，我才第一次尝到新婚的味道。

都有两个孩子了，或许已经没有了新婚的感觉。但是，我们刚开始一起生活时，住的是只有四叠半大的房间，用装苹果的纸箱当碗橱，当时与其说是新婚，感觉更像是凑合着同居。

把妻子接到东京之后，我的人气，或者说相声的人气开始直线上升。

众所周知的相声热潮到来了。

相声热潮的开端《花王名人剧场——激战!! 相声新干线》于一九八〇年一月首播。四月份开始播出相声选秀节目《相声明星的诞生》，B&B 获得了这个节目的第一个大奖。

同年十月，至今依然在播出的长寿节目《笑一笑又何妨》的前身《是该笑的时候了!》也开始起步，B&B 被选中担任节目主持。

这种盛况只有亲身经历过的人才会明白。不知不觉中，我已经成为全日本家喻户晓的名人。

每天早晨八点，在越中岛的公寓门口，都会有一辆黑色轿车来接我。

后来，我一个星期内担任主持的固定节目增加到十五个，每天的日程都排得密不透风，连从越中岛赶往工作场所花的时间都觉得可惜。于是，我在令人怀念的新大谷酒店包了房间，除周末外，每天从那里去上班。

我还和妈妈一起参加了《明星家族歌唱对抗赛》。原本想做歌手的妈妈，终于能在电视上一展歌喉了。她非常高兴。而且，她唱得的确很好，参加了三次，每次都获得歌唱奖。

阿嬷也专程从佐贺过来参加《是该笑的时候了！》的现场直播。不过在这里，阿嬷依然与众不同。

看到阿嬷高雅的气质，主持人和观众都以为她会说些温文尔雅的话，比如："谢谢大家一直以来的支持。之所以有今天的 B&B，全是托大家的福。今后也请大家继续支持岛田洋七。"

但是，听到主持人说"老奶奶，您外孙能如此成功，太好了"，阿嬷却不紧不慢地说："我就知道他肯定能出名。"

当主持人夸奖阿嬷穿的和服好看时，她也毫不谦虚，反倒颇为得意地说："嗯，不错吧？我还有七件呢。"

不用说，主持人和现场观众都被阿嬷富有个性的发言逗得大笑。

和妻子一起去银座时，我曾很骄傲地说：

"今天，你愿意买什么就买什么。"

相信所有的男人都想对自己的女人说这句话。

但是，妻子犹豫再三，只买了一个新礤床儿（她说以前的太旧了）和一双一千九百八十日元的凉鞋（她说以后会用得着）。

妻子说："穷日子过惯了，即便一下子有了钱，也不知道怎么花。"

我们后来还买了房子。说实话，我从没想过这辈子还能买得起房子，甚至从未关心过房价。

有一次，我和棒球界的朋友——埼玉西武狮队的接球手黑田君和投球手东尾君一起喝酒，说起现在住新大谷酒店，两人异口同声地说：

"太浪费了。你要有住酒店的钱，干脆买套房子吧。"

我感觉在东京买房子可不是闹着玩的，摇着头说：

"我可买不起。"

"哎？你的收入是多少？"

我告诉他们大致数目，两人都满脸惊讶，又异口同声地说：

"能买得起！"

于是，我下定决心要买套房子。

起初想选择市中心的位置，但妻子和孩子都患有轻微哮喘。在别人的建议下，我在空气清新的埼玉县所泽市购买了一套带院子的独立住宅，价格是八千万。

听说贷款批下来了，我很紧张地去了银行。

"德永先生，首付一千万，剩下的七千万请您分十次付清。"

"咦?！"尽管我对购房事宜不太清楚，可也觉得不对劲。

住房贷款一般不是分二十年或三十年付清吗？那样一个月也就还贷十万左右。分十次付清还是贷款吗，倒像分期付款。

后来听说，因为艺人没有任何保障，不管多么走红，也不能贷款。

我有种不被社会认可的感觉，十分憋气，只用三个月就付清了剩余的七千万。

不过，转念一想，新居的环境对妻子和孩子的身体有益，而且钱也付齐了，买房终归还是件值得庆贺的事。

走红以后，我多了一个四处游逛玩耍的毛病，而且还交到一个玩伴，就是在浅草曲艺场演出时经横山先生介绍认识的北野武。

我们都在穷苦环境中长大，现在第一次可以任意花钱了，当然会有些得意忘形。

有一天，就像一个玩疯了的孩子终于想起看手表一样，我偶然翻了翻日历，发现自己竟然有半年没回家。

我吓坏了，心想这次肯定会挨训，便战战兢兢地往回赶，远远地看到家里亮着暖暖的橙色灯光，还隐约传来欢快的说笑声。

悄悄进屋一看，妻子和孩子三个人正其乐融融地吃晚饭。

妻子看到我，就说：

"啊，你回来了。洗澡水烧好了。"

一瞬间，我以为自己昨天、前天都曾回过家似的，因为妻子的反应如此平常。

她似乎是专门为了做艺人的妻子才降临到世界上。

她在孩子面前也从未发过一句牢骚。我曾问过儿子，想打探她的态度。儿子答道：

"妈妈对我们说，'爸爸是艺人，如果硬把他留在家里，他会生病的'。我想艺人就是这样吧。"

一晃过了三年，我的事业一帆风顺，但好景不长。而我们在春风得意时就该考虑到这一点。

北野武比我聪明多了，他曾说过：

"洋七，现在相声节目不断增多，我们十分走红，可也导致了电视剧和歌唱节目的减少。一天有二十四个小时是不会变的，由于我们的火爆，歌手和演员必须做出牺牲。所以，我们早晚有被顶替的那一天，最好早做思想准备。"

我点点头，觉得很有道理。但即便有思想准备，依然无法阻止时代的脚步。

"那个节目停了。"

"这个节目下个月就要终止。"

四处都传来这样的消息，我的人生泡沫开始破裂。

与此同时，我注意到自己的身体也出现了问题。

现在录制综艺节目，都有完备的体系，编导助理会用提示牌告诉主持人程序的进展。但是，在我处于事业顶峰时，几乎没有这些辅助工具。

因此，对于一周主持十五个节目的我来说，每天都在和剧本殊死搏斗，而且我们是搞笑艺人，还必须在现场即兴插入台词。

那时自己竟然能坚持下来，现在想想都十分不可思议。但渐渐地，连我都不知道自己在做什么了。

尽管我胆量过人、性格开朗，但由于精神长期高度紧张，依然积攒了过多的压力。后来更是发展到只要看到剧本，我就觉得恶心，但身体却没有出现任何异样。

医生说是压力过大所致。我被迫做出选择。要么断然辞去工作，要么住院治疗，只能二选一。

妻子听完医生的诊断，毫不犹豫地说：

"也该休息休息了。你以前那么拼命地工作，能走红算多赚的，不能走红才正常。多休息几年吧！"

不能走红才是正常?！这句话让我惊讶不已。

妻子劝我停止工作，她似乎把自己说过的"在演艺圈走红的窍门就是永不放弃"这句话，抛到九霄云外了。

妻子还说："就算抗拒疾病也于事无补，这就和违背季节一样，不能强求。"

情绪极度低落的我听到妻子这番话，一下轻松了许多。但想到孩子还小，依然犹豫不决。最后还是决定去佐贺找阿嬷商量。

阿嬷更是语出惊人："昭广，到处都有工作。"

"啊?!"我一时没反应过来，但感觉身上的担子顿时卸了下来。

是啊，没有必要死活都在演艺圈里混。只要转变思维，什么都可以干。

后来，我的思想发生了转变。

之后，阿嬷叫上我一起去给外公扫墓。在墓前一起合掌行礼后，阿嬷问外公："南无阿弥陀佛、南无阿弥陀佛，昭广现在十分苦恼，老头子，你跟他说两句吧。"

然后阿嬷抬起脸，轻松愉快地笑着说：

"你外公说了，现在先玩一段时间吧。"

真没想到，阿嬷竟然会模仿女巫。

但是，我相信了阿嬷转达的外公的话，决定好好休养。

十六　　爱达荷的天空是佐贺的颜色

虽说要休养，但我已是家喻户晓的名人，无法逍遥自在地在家待着。

"啊，B&B 的洋七现在待在家里呢。"

"难道是没有工作了？"

"是不是生病了？"

这种乱哄哄的场面显然可以预见。还在上学的孩子也会被闲话包围，那样他们就太可怜了。

因此，我打算尽量去安静的地方，决定先游遍全国的温泉。

出于工作关系，全国各地我都去过，估计围着日本足足绕了三圈，但每次都只是往返于车站和相声会场之间，既没有品尝过哪个地方的特产，也没有去过任何观光胜地。所以对我来说，这次才是真正意义上的旅行。

为了能从往日忙乱的生活中解脱出来，我悠闲地体验有名的温泉，品尝各地的特产，走访名胜古迹。

一天，我到了位于伊香保的一家温泉旅馆。

旅馆并非现代风格的建筑，而是考究的木制三层楼房。进了房间，更是大吃一惊，竟然能清楚地看到远处的赤城山脉。

我一下就喜欢上了这里，决定暂时住上一段日子。

起初，我还会叫艺伎表演歌舞助兴，享受着阔少爷般的生活。但是，刚过了五天，表演的欲望便抑制不住地涌上心头。

"今天不用跳舞了，坐在这里吧。"

我让艺伎们坐在坐垫上排成一排，对着她们开始说漫谈①，然后对哈哈大笑的艺伎说：

"每人给我一千元。"

见我还收钱，艺伎们纷纷抗议，最后还是噘着嘴乖乖照付。不过，这似乎成了艺伎们的热门话题，她们互不相让。

"今天我也要去洋七的房间。"

但是，大家都知道一笑就要付钱，于是拼命咬着牙绷着脸。我呢，则使尽浑身解数让她们笑出来。这种较量十分有趣。

我和艺伎、服务员都混熟了，觉得住着特别舒服，竟然一直住了下去。

旅馆的服务周到细心，考虑到我的身份，他们安排我在没有客人时独自享受温泉。但没过多久，我就和旅馆的工作人员一起在晚上泡澡了。

因此，我和工作人员之间的关系十分融洽，生意繁忙时，他们竟然会拜托我帮忙：

"洋七，把这个端到鹤厅。"

"哎？连泡澡我都躲着别人呢！"

起初还以为他们在开玩笑，后来，我甚至想好了应对的话。

---

①日本曲艺之一，单人表演，以滑稽的口吻讽刺社会、世态。

如果被客人认出来，我就笑着回应：

"是的。欢迎光临。这里是我亲戚开的。"

就这样，我在同一家旅馆竟然住了二十多天。

一天，厨师的头头面带难色地来到我的房间，抱歉地说：

"洋七先生，今天你吃咖喱饭行吗？我实在做不出不同的饭菜了。"

这是怎么回事？原来，这家旅馆的方针是不能让住宿客人吃到重样的饭菜，所以，他们接连二十多天给我变换花样。怪不得总也吃不腻呢。

从那以后，我有时干脆和工作人员一起吃大锅饭。最后，我在那里住了两个半月。连妻子都惊讶地说："你竟然住不烦。"

对于有家难归的我来说，住在这里像生活在一个大家庭中，十分开心。而且伊香保距离位于所泽市的家并不太远，可以半夜回去看看孩子熟睡的样子，和妻子聊聊天，然后再回旅馆，真是非常愉快的经历。

把国内基本走了一遍后，我开始把目光转向大洋中的岛屿。

夏威夷、关岛、塞班岛、泰国的海岛……我尽量选择日本游客少的地方，尽情享受悠闲的度假时光。在这些地方也玩腻后，我决定去美国。

在各个岛屿旅行时，我结识了能说一口流利英语的朋友次郎。他刚辞去制作公司的工作，也有一段闲暇时间，于是我们两人商定一起好好转一转。

本来我就不喜欢跟着旅行团旅游，希望尽量和当地人接触。所以，曾留学美国的次郎便成了最理想的游伴。

我们先到洛杉矶，在次郎的提议下买了汽车。如果想在美国自助旅行，无论如何都需要一辆汽车，持有绿卡的次郎买车也很方便。

买二手车比租车便宜，而且开着自己的车，用不着小心拘谨。这些买车理由我也十分认同。

我们马上花二十万日元买了辆二手车。我一直注重汽车的外观，挑中了一辆二十多年前的凯迪拉克。美国的油价比日本便宜得多，我们能轻松愉快地驾车飞驰在各处游览胜地。

但是，过了三个月，我们又玩腻了，开始想看看大自然，于是卖掉汽车，飞往爱达荷州。

我们正四处寻找便宜的酒店，一辆大卡车停在身边。

"中国人？"

"不，日本人。"

和美国人的对话一般都这样开始。

对方问我们在干什么，我们如实地回答，结果那人说附近没有好酒店，不如住在他家里。

一想到要住在素不相识的美国人家里，我很担心。

"会不会有危险？"

次郎笑着没有理会。

"洋七，你太小心了。没事、没事，他说自己是农夫。"

于是，我们决定乘坐大卡车去他家。他说就在附近，可开了好久还没到。

"果然会被杀掉！"

我一直提心吊胆，幸好行驶了约四十公里后，最终到达的地方并不是恐怖的贼窝，的的确确是个大农场。据说有十七八个人的大家族在这里养牛、种土豆。

我终于放心了，随即来了精神。考虑到对方听不懂日语，我便将香烟插进鼻孔，为他们表演起无声喜剧。或许美国没有这样的喜剧，也可能这里太偏僻，反正我的表演大受欢迎。

这家人十分喜欢我们，用厚厚的牛排、刚炸好的薯条及啤酒款待我们。

第二天，为了答谢他们留我们住宿，我提出要帮忙干农活，他们说现在正值土豆收获期，很高兴我们能帮忙。我暗自好笑，竟然大老远跑到爱达荷州来挖土豆！不过，这儿真不愧是美国，即便是挖土豆，感觉也截然不同。

在一望无际的土豆田里，乘坐类似拖拉机的巨大器械嘎啦嘎啦地前行，就能把土豆挖出来。

然后，跟在后面的卡车把挖出的土豆一并装上运走。这些土豆用来加工薯条和淀粉，因此不用按大小分类。大小形状各异的土豆不断被装上大卡车的场景堪称壮观。

那类似拖拉机的器械从田地一端开到另一端需要花费四个小时，但操作起来十分简单，连我这样的新手都一学就会。我在湛蓝的天空下，听着嘎啦嘎啦的声音，望着土豆被不断挖出来。

到了中午，给大家运来午饭的竟然是私人直升机。

"世界真大！"

这是我唯一的感慨。

世界真大。当我在狭小的日本绞尽脑汁地编漫才段子、背台词时，有人在嘎啦嘎啦地收土豆。而且，与玩命奔波于多家电视台的景况相比，在湛蓝的天空下收土豆才更像人的生活方式。

我回想起了幼时在佐贺的生活，和阿嬷一起从河里提洗澡水、在炉灶边用柴火烧饭的日子。

那个时候虽然极度贫穷，却好像比现在富有得多。

"你们旅行到什么时候？"大农场的人问。

"明天就要走了。"我这样回答。

不知为什么，总感觉难以离开这片土豆田。虽然总想着"明天该走了"，"明天该走了"，却不知不觉地待了十多天。

这个大家庭里年纪最大、最有威望的老爷爷对我们说："你们的明天真长呀。"

然后他继续说道："如果没有地方可去，可以待在这里。"

见我们嘴上说着明天要走，却一直不走，老爷爷或许认为我们有什么隐情吧。

说实话，那时我真的想过可以永远待在这里。于是，我们毫不客气地继续住下去。

或许有人会想，亲近自然说起来好听，难道不觉得无聊吗？不过，那种农场生活的确别具乐趣。

首先，有一周一次的交易市场。

这是由十一辆载着各种东西的货车组成的移动市场。除了食物，衣服、脸盆、洗衣液等物品应有尽有。

我和次郎买了一把二手来复枪，马上找了个没人的地方，开始啪啪啪地打枪，自己似乎成了西部片里的人物，特别有意思。

说到西部片，还有这样一件事。

有一天，偶然看见驼鹿群向加拿大迁移的场面。我们俩不禁以为自己闯入了野生动物园，这时，农场里的人突然举枪射击，然后乐滋滋地将射中的鹿装上车，运回去剥皮烤肉，举办宴会。真像进入了西部牛仔的世界，我们都看呆了。

他们有时还带我们去酒吧。和在西部片中看到的一模一样，我们推开吧嗒吧嗒响的门走进去，在吧台边点酒。

和西部片唯一不同的一点，就是我们不坐马车，而是乘坐汽车。就算是"附近的酒吧"，也足有二十公里的路程，回来时当然是酒后驾车。

对我来说，最大的快乐，莫过于晚饭后听这里最有威望的老爷爷和老奶奶说话。当然要通过次郎翻译，不过，我从这对老夫妇那里听到了好多事情。

有一次，他们告诉我美国人在告别时表现得特别夸张的原因。

老爷爷说，那是因为美国的国土太辽阔了。现在交通发达，搭乘汽车或飞机能很快到达其他地方。但在以前，要搬到一个新地方，必须坐着带车篷的马车，沿途得露营，起码得花好几天。

如果有人说要搬到其他城镇，那或许就意味着永别。因此，人们在分别时会表现得很夸张，如果能再次相见，更会激动异常。

一个夜晚，我们聊起了人们为什么会拿枪的话题。

老爷爷讲，拿枪有各种意义，既可以用来捕获猎物，也可以应对突如其来的敌人。总之，只要手中有枪，人就会感觉强大了十倍，即便一个人身处旷野也不会寂寞。所以，让人一辈子都扔掉枪，绝不是件容易的事情。

有一天，老奶奶对我讲了这样一番话：

"我呀，非常喜欢在这个农场里生活。为什么呢？因为我丈夫热爱这个农场。他喜欢养牛，喜欢种土豆，总是面带微笑。看到面带微笑的丈夫，我也喜欢上这个农场了。如果你有妻子，就一定要热爱自己的工作，你妻子肯定会深深爱着热爱工作的你。"

听到这番话，我想到了妻子，然后开始考虑我的工作。感觉那是很久以前的事了，但我似乎也有过面带微笑工作的时候。

对了，是在花月的时候。

最初在梅田花月工作的日子里，我觉得舞台上的表演非常有趣，观众们的笑容让我发自内心地高兴。我曾认为那里是最好的工作地点。

我希望面带微笑并为之努力的工作，是相声。

妻子所说的"你肯定行"的工作，也是相声。

但是，不知从什么时候开始，微笑从我的脸上消失了，因为我在作为一个主持人拼命工作，而不是作为一个相声演员。

我要回去，我打定主意，要回到有妻子和家人等待着我的日本。

在这里养牛、种土豆也是精彩的人生，不过，能让我面带微笑的工作还是说相声。而且，深深爱着微笑着努力工作的我的妻子，也不在这里。

我离开了逗留二十天的爱达荷农场。

在美国的四个月，成了我漫长休养生活中的最后一次旅行。

尾 声

从那以后，又度过了漫长的岁月。

我在美国下定决心要继续做一名相声演员，在我休养期间，相声界也发生了各种变化，重返舞台并非易事。但是，我已不再犹豫。

负责几个电视节目、有多少相声迷，这些都不重要，我只想成为一个能让观众快乐的艺人。

值得庆幸的是，吉本兴业对我的想法表示理解。我得以重返吉本，和洋八再次组成 B&B，现在依然能站在我深爱的花月舞台上。

今天，我将离开那栋花八千万购买的位于所泽的房子，搬到在佐贺新建的住宅。

我一直希望能在令我怀念的佐贺有一个自己的家。岳母病倒了，需要照顾，这促使我们做出搬家的决定。

"我看看有没有忘带的东西。"

妻子去了二楼，我望着家具已经运走、四壁空空的家。

"这个家曾带给我们许多欢乐。"

往事一幕幕在我的脑海中掠过。比如刚搬到这里那天发生的事，和北野武四处游玩、相隔半年后回家的事，从所住的伊香保温泉半夜溜回家的事……这些既像发生在昨天，又似乎已过了很久。

我冲着居住已久的房子说："再见了，谢谢。"

正在这时，妻子的声音从楼上传来："老公，坏了，快来一下，忘了一件重要的东西！"

我上去一看，壁橱的一侧竟然孤零零地放着那个旅行箱。

"为什么把这么重要的东西忘了？"

"真奇怪，我应该都看了呀。"

"对不起，把你给忘了。"

我和阿律一边说，一边用手抚摸着那个熟悉的旅行箱。

我觉得旅行箱也在对我们说话："请一直带着我。"

"嗯。一起走，因为我们是一家人。"我在心中对旅行箱喃喃。

"咱们该走了。"

在妻子的催促下，我抱着旅行箱朝门口走去。

"我们当时竟然能下定决心离家出走。"

"是啊。不过，那可是珍贵的离家出走。"

"嗯，是啊，对我们来说，那的确是珍贵的离家出走。"

我和阿律一路说说笑笑，一起拖着装满回忆的旅行箱，上了卡车。

在天国的阿嬷，您看到了吗？

我和阿律，今天要回佐贺了。

在这个旅行箱里，装满了我们快乐的往事、痛苦的往事……以及对家人的回忆。

妈妈，我好想你

写在前面的话

托大家的福，描写我儿时和阿嬷之间的往事的《佐贺的超级阿嬷》深受读者喜爱，已被改编为漫画和电影，同样大受欢迎，并在二〇〇七年拍成电视剧。

我没有想到，这本书竟然走向了海外。在中国台湾，《佐贺的超级阿嬷》及其续篇《佐贺阿嬷：笑着活下去》《佐贺阿嬷：幸福旅行箱》十分热销，我还举办了签名会。电影《佐贺的超级阿嬷》在中国台湾也上映了。

我深切地体会到，不同国籍和种族的人在情感上有着共通之处。我写的书大受欢迎，这当然值得高兴，但在追求如此温暖的情感的社会中，又为什么总是发生令人不快的事件呢？这让我深感困惑。

校园中的"欺凌事件"绝不应该发生，我希望被欺负的孩子们能坚强些。

我个人认为，所谓"坚强"就是"开朗乐观"。

在相声之乡大阪，如果你对一名小学生说："你是不是傻呀？"

他会回一句"你怎么知道"，或者说"嗯，我哥哥也傻"，"这是父母的遗传"等。

如果你训斥他："你真笨。"

他会反驳道："比你这个大叔好多了。"

或许，任何时候都开朗乐观的孩子与"欺凌事件"无缘。

如果被别人说到痛处，比如"肥蛋""穷光蛋"等，人们或许会受到伤害，但是，以前的孩子都有将这些难堪转化为笑声的开朗与坚强。

"你真是个穷光蛋！"

"你说什么？如果不服气，你也当当看呀。你想当穷光蛋还当不上呢。"

另外，"NEET"①已成为当今的社会问题。以前，在某个国营电视台的一档节目中，我看到现场坐满了挂着"NEET"胸卡的年轻人，当时还以为他们是有着相同名字的外国人呢。

或许是我孤陋寡闻，原来那些身体健康却不去工作的年轻人被煞有介事地称为"NEET"。竟然还让这些人上电视节目！太荒唐了！

如果不工作就能上电视，那吉本兴业的年轻艺人又该怎么办呢？他们为了能上电视，那么拼命地在努力。

而且，那个电视节目中的年轻人佩戴的胸卡上，竟然还写着没有工作的年数，如"NEET 史半年"和"NEET 史一年"等，主持人竟然还钦佩地感叹：

"NEET 史两年，太厉害了。"

这到底是怎么回事？接着往下看，他们竟然说自己不工作的理由是"看不清自己"，真是让人哑口无言。

我忍不住想插嘴：

---

①英文"Not in Education, Employment or Training"的缩写，指没有正式工作，不在学校上学，也没接受职业技能培训的年轻人。

"去买面镜子。"

那些人称呼自己为NEET，但如果让我说，其中八成都是懒人。

以前阿嬷经常说："人首先要工作。只要工作，自然能得到大米、味噌、酱油、朋友以及信任。"

我认为确实是这样。比如现在在东京或大阪这样的大城市，如果每天打五个小时的工，就能赚到四千日元，能买十斤大米。

如果第二天再工作五个小时，就能买齐味噌、酱油、沙拉酱等调味品。

第三天，在工作单位差不多就能交到朋友了。

到了第四天，邻居们会说："那个人最近每天都去工作。"这样也就得到了大家的信任。

我学生时代因为棒球队的事烦恼时，阿嬷总会说：

"昭广，你在想什么呀？靠你的脑子解决不了问题，快点去学校。五分钟内解决不了的问题就没法解决了。顺其自然吧。"

这些话让我一下子轻松了许多。

在你为看不清自己而烦恼之前，最好先去工作，哪怕是打零工或做临时工都行。适合不适合，说到底不去做就永远无法明白，完全可以一边工作一边寻找自己真正想做的事。

还有"家里蹲"的问题。

孩子"家里蹲"，父母就把三餐都端到他屋子里，这种做法可不行。把饭菜放在门外就可以了。如果孩子出来吃饭，父母可以说：

"哟，这会儿，你已经不属于'家里蹲'的孩子了。"

如果家长们都有这种幽默感，估计事态会大有好转。

啰啰唆唆地说了一大堆，总之，与过去相比，我总感觉大家缺少了那份开朗与坚强。

这次，继阿嬷的故事之后，我打算写一写我妈妈。妈妈并不亚于阿嬷，同样是个乐观坚强的人。

希望妈妈的故事能和阿嬷的故事一样，给大家乐观开朗地生活下去的启示。

一　妈妈的成长历程

妈妈出生于一九二二年五月十六日，是在佐贺经营自行车店的外公与阿嬷的长女，名字叫秀子。

　　在当时，自行车属于奢侈品，听说外公一家相当富裕。

　　外公是个典型的花花公子。

　　说是花花公子，他倒并非爱吃喝嫖赌，只是特别喜欢看戏听曲。喜欢到什么程度呢？比如，店里来了老客户，说：

　　"帮我补补车胎。"

　　外公总是不在，都是泼辣能干的阿嬷挽袖上阵。外公的确不务正业。

　　"如果在家里也能看戏听曲，那就再好不过了。"

　　不知我那外公是否说过这句话，但有了女儿后，外公就让她们从小去学弹三味线、唱歌和跳舞。

　　听说阿嬷曾抗议过，说正经人家的女孩子为什么要学那个，何况还要花钱。但外公根本不听，他说："艺能养身。"

　　因此，我妈妈和她的大妹妹喜佐子姨妈，从懂事起就去学弹三味线、学唱歌跳舞。

或许妈妈天生就具有这方面的才华，还没上小学，就被选中参加慰问团。

　　这事我听妈妈说过好多次，因此记得非常清楚。

　　大概乘坐的是军用飞机，在坐满军人的机舱里夹杂着几个孩子，一起飞往军营。

　　妈妈在多处基地巡回慰问演出，一连演了许多天。

　　在基地搭建的简易舞台上，小孩子们载歌载舞。看演出的军人们大声喝彩，高兴得差点流出眼泪。

　　"哇，那么小的孩子，演得真好！"

　　"为了我们，专门从那么远的地方过来！"

　　慰问团很受欢迎，每个基地都专门为她们准备了当地特有的点心。特别是妈妈和喜佐子姨妈，或许是外公的英才教育奏效了，作为慰问团的中心人物，她们十分活跃，受到了大家的喜爱。或许她们生来第一次得到那么多掌声。

　　妈妈经常笑着对我说：

　　"如果不和你爸结婚，我本想当一名歌手呢。"

　　这种想法，没准在参加慰问团演出的时候就已经萌芽了。

　　我也是个相声演员，非常理解站在舞台上得到观众掌声时，那种喜悦是多么特殊。一想到自己的表演能给大家带来欢乐，会感觉很自豪。

　　妈妈小小年纪就离开父母在慰问团努力演出，内心肯定充满了喜悦与自豪。

　　从那以后，妈妈在与众不同却幽默明朗的家庭氛围中成长。

　　随着子女的增多，不务正业的外公也逐渐改变了生活态度，关掉了自行车店，开始在市政府的自来水科认真工作。

除了唱歌跳舞，外公也很看重教育，于是妈妈和喜佐子姨妈能有机会就读于女子学校。

但是，外公竟然年仅五十五岁便撒手人寰，扔下了阿嬷和以我妈妈为首的七个子女。

走投无路的阿嬷想到必须先工作。经担任佐贺大学附属小学校长的表兄介绍，她找到了一份学校清洁工的工作，但仅靠她一个人的收入，当然不可能养活七个子女。

"你们也该工作了。"

没有多余的说明，阿嬷说得极其干脆。妈妈和喜佐子姨妈顺从地点了点头。

两个人当时才十几岁，但看着年纪尚小的弟弟妹妹，她们也明白形势已不允许自己悠然自得地上女子学校了。

姐妹俩工作的地方十分独特，她们直接去宴会上为客人弹琴唱歌。真的是艺能养身。

外公当然不可能预见自己会早早去世，不过，妈妈和喜佐子姨妈每晚去宴会上弹三味线、唱歌跳舞，的确贴补了家用。

两个之前一直无忧无虑的女学生，突然到宴席上唱歌，这在周围人看来或许是"沦落风尘"，而妈妈却满不在乎地笑着说：

"十分快活，能得到许多掌声。客人大多是有钱人，在那物资缺乏的年代，经常能收到各种礼物。"

在慰问团萌生的想当艺人的想法，肯定一直藏在妈妈心中。妈妈丝毫没有在宴会上唱歌难为情的想法，而是自豪地展示才艺。

妈妈不仅表演精彩，人也长得漂亮。我猜测在送各种礼物的客人中，肯定有许多人看上了妈妈。

我发誓，这绝非高抬自家人。至于原因嘛，因为妈妈还做过模特呢。

这么说好像有点虚张声势，不过，佐贺的造酒厂的确曾委托妈妈当宣传画上的模特，现在我依然保存着妈妈年轻时骑着小型摩托车（大概是，但我不清楚当时日本是否已经普及了小型摩托车）摆造型的照片。

一说到"在宴会上弹三味线"，估计很多人脑海中会浮现出身穿得体和服的优雅美女，而妈妈年轻时又是个很时髦的女孩子。在这个出众的时髦女孩的吸引下开始围着她打转的人，就是爸爸。

那时，阿嬷的妹妹，也就是妈妈的姨妈住在广岛。

妈妈喜欢追求时尚，便时常去大城市广岛玩。

这完全是我的想象，或许爸爸被妈妈迷得神魂颠倒，于是想尽办法接近妈妈，总是说些甜言蜜语。

然而，在宴会上听惯了各种赞美的妈妈十分谨慎，不会轻易被打动。

后来，爸爸竟然说："秀子小姐，我家里经营着一家很大的和式酒店。"

"哎？真的？"

妈妈受外公影响，一直钟爱宴会，听到这番话，感觉不能对爸爸那么冷淡了。她想，可以先交往一段时间。

交往了一段时间后，妈妈对爸爸说："我想看看你们家的酒店。"于是两个人一起去了。

"就在前面。"

爸爸指的正前方确实有一栋气派的房子，室外的橙黄色灯光给人暖暖的感觉，一看就是一家大酒店。走近后，还听到了弹奏三味线的声音。

或许，当时妈妈一边望着气派的房子，一边想象着成为大酒店老板娘的情景，不由得露出了笑容。但是——

"就是这里。"

爸爸从大酒店前走过，撩起了旁边一家居酒屋的门帘。

后来爸爸说："我并没有撒谎，那儿以前的确是一家和式酒店。"

或许是这样，不，绝对是爸爸在撒谎。我也是男人，能理解这一点，因为男人总爱在喜欢的女人面前摆阔气。

妈妈每次给我们讲到这里，都会生气地说：

"什么大酒店呀！"

但是，妈妈最终还是在十八岁那年和我那开居酒屋的爸爸结了婚。大酒店的阔公子当然最理想，不过，应该还是爸爸的人品成功地吸引了妈妈。

一九四〇年，这对新婚燕尔的小夫妻开始在广岛经营居酒屋。

说是居酒屋，或许理解为现在的小酒店和快餐店合一的模式更符合实情。

酒至酣处，客人就会吵闹着让妈妈唱歌跳舞。店里没有现在的卡拉OK的隔音设施，只要妈妈弹三味线、唱歌，声音自然会传到旁边的那家大酒店里。

有一次，酒店老板娘突然出现在爸爸的居酒屋，邀请妈妈：

"秀子小姐，你唱得真好听，也在我们店里唱吧？"

喜欢在宴会上载歌载舞的妈妈当然不会拒绝。从那以后，妈妈时常在那家酒店的宴会上为客人唱歌。就算居酒屋和大酒店档次不同，但两家终归也是生意上的对手。后来我曾问过妈妈："爸爸没生气？"

"没有，光小费就抵得上居酒屋一天的营业额呢。"

看来，在这里也是艺能养身呀。

不过，对这对年轻夫妇来说，新婚的甜蜜时光太短暂了。

一九四一年，太平洋战争爆发。之后战事日趋激化，世间充满了令人压抑的消息。

即便如此，居酒屋依然能维持下去，由于军人较多，生意还算红火。

直到一九四四年，我们家的长子——我哥哥出生了。如果在和平年代，这对于年轻夫妇来说应该是最幸福的时刻了，但是当时战局日趋紧张，人们的生活情形也每况愈下。

到了一九四五年战败的那一年，居酒屋已经难以为继。

最后，爸爸和妈妈带着哥哥，不得不疏散到佐贺。他们走到了命运的分岔口。

被疏散数月后，也就是一九四五年六月六日，一颗原子弹投向了广岛。

爸爸的居酒屋旧址就位于现在的原子弹爆炸纪念馆附近，如果没有被疏散，爸爸、妈妈和哥哥会瞬间从地球上消失。当然，我也就不可能降临到这个世界上。被疏散真是万分幸运。

但是，爸爸最终还是因为原子弹爆炸丢了性命，也就是所谓的核辐射致死。

原子弹投下后，信息完全处于封闭状态，很难了解到确切情况。但在佐贺依然能听到"广岛被扔了一种新型炸弹"的消息。

在广岛土生土长的爸爸，担心那里的亲戚朋友以及自己的居酒屋，便回去查看情形。

看到广岛空荡荡的街道，爸爸不由得嘀咕道：

"人都到哪儿去啦？"

可以想象，当时整座城市都变成了废墟，人都死了。

八月十五日战败后不久，妈妈回到了广岛。她后来对我说：

"回来后发现大家都消失了。想打听谁谁去哪儿了，都找不到人可以问，想打电话也没有电话机，想去市政府查一查，可连市政府都没有了。那时的感觉简直无法用语言来表达。"

这些妈妈重复了无数次的话，深深地刻在我的脑海中。

阿嬷的妹妹，就是妈妈结婚前经常去拜访的姨妈虽然保住了命，却受了重伤，由此带来的痛楚伴随了她的一生。

原子弹爆炸不仅夺走了许多人的生命，还从幸存者手中攫取了无数宝贵的东西，给他们留下了永远无法磨灭的伤痕。

二　妈妈和哭鼻虫昭广

战争结束后，爸爸妈妈回到了被原子弹炸得一片荒芜的广岛，在临时棚屋里又重新开了一家居酒屋。

在那个一无所有的年代，只要开店，生意就能红火。

尽管失去了一切，所幸妻儿都平安无事，这让爸爸鼓足了劲儿准备大干一番。但是，病魔却一步步逼近了他。

受到大量放射线的辐射之后，爸爸患上了原子病，在一九四八年，终于因为病情恶化住进医院。

我出生在一九五〇年。爸爸在一九五二年去世，所以，我几乎没有关于爸爸的记忆。

由于遭受过原子弹爆炸，几乎没有照片留下来，我甚至不知道爸爸的长相，只记得妈妈说过这样的话：

"原子弹投下后，谣传说被辐射污染的广岛几十年也无法恢复，但不是这样的。因为大家都把空气呼吸到自己的身体里，因而死去了，肯定是大家把射线都吸入体内了，射线才会消失。"

当然，从科学角度看，事情肯定不是这样。但想到包括爸爸在内的众多死去的人，妈妈只能用这种方法来安慰自己。

爸爸死后，妈妈成了要拉扯两个儿子的寡妇，她一个人继续经营着居酒屋。

我曾问过妈妈："你没想过回佐贺？"

"我们家没有农田，在佐贺那样偏僻的地方，靠一个女人根本填不饱肚子。虽然多少有点危险，广岛毕竟还是个大城市。"

在那个混乱的时代，一个女人晚上开店，可不是靠一点毅力就能做到的。妈妈为了哥哥和我真的是在拼命工作。

我当时还是个婴儿，经常被寄养在亲戚家中。而且，那时候大家都穷，如果被长期寄养在一个地方，会给人添麻烦。于是总是这里待两个月、那里住三个月，频繁地变换地方。

或许出于这个原因，我小时候的记忆都是片断式的。

比如记得有一次，强台风导致河水泛滥，我曾用大盆当船戏水玩耍，那时似乎正被寄养在住靠河边的公司宿舍的亲戚家。当时我应该只有三岁，别人都惊讶于我竟然能记住那么小的时候的事情。

我还记得在一间摆满缝纫机的屋子里，我一屁股坐在其中一台上面。当时似乎被寄养在长崎的珠子姨妈家，她说好像带我去过缝纫学校。总之，我在各种地方和各种人一起生活过，这或许就是记忆不完整的原因。

我清楚地记得，当时曾想，我有许多妈妈。不论在谁家都受到了关爱，我就把各家的妈妈当成了自己的妈妈。

尽管当时年幼无知，但和一家人一起生活，随后分离，再到别的地方和新的一家人住在一起，每隔一段时间又换到其他地方，这种生活依然让我感觉到了压力。

我四岁时进了广岛的幼儿园，终于能和亲妈生活在一起了。"以后哪儿也不去了"的想法异常强烈，我成了一个只要看不到妈妈的身影，就会感到不安并哭泣的"哭鼻虫昭广"。

我当时整天跟在妈妈身后。妈妈煮饭时，我会赖在狭小的厨房里。妈妈睡午觉时，我会躺在边上紧挨着她。就连妈妈晾衣服时，我都会专门跑到她旁边玩。

正因为这样，傍晚妈妈去店里工作时就麻烦了。

妈妈知道，只要说去工作，我就会放声大哭，她不得不对我撒谎说："我去外面买点东西。"

"跟你一起去。"

"我马上就回来。"

"我也想去。"

"不行。真的马上就回来。"

我就这样死死地缠着妈妈，妈妈每天上班都像逃跑一样。

因为天天如此，我渐渐意识到妈妈似乎在骗我，但心中依然有一丝无法舍弃的期待。

"妈妈马上就会回来吧。"

"怎么还没回来！"

"说马上就回来，怎么这么慢！"

"她在干什么呀！"

我一直盯着屋门等着，直到断定妈妈是去工作了。

"走了！妈妈走了！"我经常这样号啕大哭。

不过，我终究是个孩子，过一会儿哭累了也就睡着了。

但如果半夜里突然醒来，发现妈妈还没回来，我又会大哭：

"妈妈！妈妈！"

和我一起待在家里的、长我六岁的哥哥也会被我的哭声吵醒。

尽管束手无措，哥哥还是竭力试着安慰我。

但他也只是个上小学的男孩子。如果是姐姐，或许能好一些，哥哥那笨拙的抚慰方式消除不了我内心的寂寞。

如果一直哭下去，房东大婶就会出现，把我抱在膝盖上哄一哄。

"妈妈马上就回来了，乖乖听话好吗？"

听着大婶温柔的话语，我又慢慢地进入梦乡。

哥哥当时真不容易，另外，我也给房东添了不少麻烦。

那个时候还算好，因为我除了哭什么本事都没有。后来上了小学，渐渐长了本事，如果半夜想妈妈了，我会从被窝里一骨碌爬起来，走出房间。要去的地方当然是妈妈的居酒屋。

这时，哥哥会象征性地阻止我："不能去。"

但他清楚这话毫无效力，只好也跟上来。

我们当时住在离酒馆有一段距离的住宅区。往酒馆的方向走着走着，我们经过的街道渐渐热闹起来，灯光也越来越亮。

当时也许还没有霓虹灯，灯笼的亮光四处摇曳，醉汉的歌声、笑声和怒吼声清晰可闻。

那是一九五六年或一九五七年的事，战败刚过去十年，路上到处飘荡着无法预测的危险气息。

在那样的夜晚，刚上小学的我急急忙忙地走在街上，上中学的哥哥慌慌张张地跟在后面，场面肯定十分惹人注目。

过了一会儿，传来了熟悉的歌声，我情不自禁地跑起来。

"妈妈！"

在挂着红灯笼、只有一圈吧台座的居酒屋里，妈妈正和客人们一起拍手唱歌。妈妈的嗓音很洪亮，从远处就能听清楚。

透过简陋的玻璃门看到我和哥哥的身影，妈妈立刻面带难色地走出店门,然后用柔和的语气对我说"明天给你买点心吃",或者"明天给你买玩具"。

妈妈抚摸着我的头,让我向右转,然后轻推一下我的后背。

"快点回家。妈妈很快就回去了。"

妈妈从来不会歇斯底里地大声发火,说什么:

"如果妈妈不工作,咱们吃什么!"

"别胡闹了,不许再来!"

这样的话妈妈从未说过,她总是温柔地许诺给我买东西或者给零花钱,然后让我回去。

如果遭到妈妈的训斥,我肯定会当场耍赖胡闹,但是,听着妈妈温柔的话语,再被轻推一下后背,我就会老老实实地啪哒啪哒按原路走回去。

尽管妈妈对我们很温柔,但我们的举动肯定让她十分头痛,因为上小学的我和上中学的哥哥是从并不安全的商业街走过来的。

于是,我上小学二年级时,妈妈做出了一个重大决定:把我寄养到佐贺的阿嬷那里。

要和年纪尚小的儿子分离,这对妈妈来说无疑是痛苦的决定。

妈妈知道我肯定不愿离开她,她也不愿看到我啼哭难过的样子。所以,妈妈从来没跟我说要把我送到佐贺去。

后来,佐贺的喜佐子姨妈来广岛玩,在她返回时,妈妈以送行为借口把我带到车站,然后直接把我推上了火车。

就这样,四岁才回到妈妈身边的"哭鼻虫昭广",八岁时又和妈妈分开了。

三　没有妈妈的每一天

被寄养在佐贺后，极其依恋妈妈的"哭鼻虫昭广"，一年只有暑假的四十天才能和妈妈在一起。

我特别特别想念妈妈，看到别的孩子都有妈妈，就万分羡慕。

如果和小伙伴们在神社一直玩到天黑，妈妈们都会找来。

"吉雄，吃饭了，快回家。"

"宏志，吃饭了，回家吧。"

朋友们一个接一个地回家了，最后总是只剩下我一个人。那一刻让我感到无比寂寞。

回到家后，我对阿嬷说：

"阿嬷，你出来叫我吧，就喊'昭广，回家吃饭了'。"

"你都回来了，还叫什么？真是的。"

"就要，就要。我再回神社，你一定要来叫我呀！"

我冲还有些发愣的阿嬷丢下这句话，便跑回了神社。

天已经完全黑下来了，神社里空无一人，我却很兴奋。尽管不是妈妈，但总归会有人来叫我啦。

仅仅是这么一点小事，便足以让我感到幸福。

不一会儿，阿嬷如约出现了。我看见她正在上神社的台阶。

"昭广！"阿嬷叫我。

来了！来了！

我脸上不由得露出了笑容。可是，阿嬷的下一句话紧随而至：

"快回家。今晚没饭吃了。"

感动立刻消失了，我开始讪讪苦笑。即便从一个孩子的眼光来看，阿嬷家也确实很穷，我开始忐忑不安，担心是不是真的没饭吃，刚才的寂寞早已跑到九霄云外了。

当时阿嬷家里没有电话，每月一次的书信往来就成了联结我和妈妈的"热线"。

为什么是一个月呢？因为妈妈每个月都会给我寄一次包裹。

包裹里有钱，有我的裤子和衬衣、三个"枫叶馒头"，以及给阿嬷和我的两封信，偶尔也会有文具或玩具。

我感觉每月一次的包裹就证明妈妈还想着我，因此天天都盼着邮递员的到来。

另外，我感觉寄来的东西是妈妈还爱我的证明，于是在回信中每次都闹着要各种东西，比如在信中会写：

　　妈妈，你好吗？谢谢你上次给我的衬衣。下次给我寄个陀螺吧，现在学校里都在玩这个。

如果下个月陀螺和衬衣一起寄过来，我就知道自己的信确实寄到了妈妈手中，妈妈依然爱我，这种满足感顿时让我精神百倍。

那时幼稚的我不清楚家中的经济状况，不知道妈妈的生活也很苦，我要的东西并非都能得到满足。

有一次，我特别希望得到一辆自行车，便在信中写道：

> 下次给我寄辆自行车吧，大家都高高兴兴地骑车呢。

结果，到了下个月，我收到妈妈这样一封信：

> 昭广，你好吗？要好好听阿嬷的话，不能让阿嬷担心，一定要多帮阿嬷干活。另外，自行车是什么东西？妈妈没见过。

看来妈妈不愿写"自行车太贵买不起"之类的话，但是她的回信也太厉害了。

"咦?！"

虽然很诧异，我还是相信了妈妈的话，便在回信中拼命解释自行车是什么东西。

> 妈妈，你好吗？谢谢你寄来的衬衣和裤子。自行车就是前后有两个轮子的交通工具，只要蹬脚蹬子就能跑，骑上特别帅。自行车店有卖的，下个月给我寄来吧。

结果，这次妈妈在回信中竟然说：

> 广岛没有卖自行车的。

我在佐贺的时候，一直在信中闹着让妈妈寄自行车，而妈妈则一直用各种说法应付我，比如：

"广岛是大城市，骑自行车太危险，所以没有自行车。"

"自行车太大，我不知道该怎样寄。"

现在想来，硬是不写"买不起"或"没钱"之类的话，的确是好强的妈妈的做事风格。这暂且不论，妈妈在来信中每次必然会写以下三条：

要好好听阿嬷的话。

不能让阿嬷担心。

一定要多帮阿嬷干活。

而且，有时会接着写道：

阿嬷比妈妈年纪大，不要胡闹，要好好待阿嬷。

总之，我记住了绝不能让阿嬷担心。

我一直想着要对阿嬷好。所以，尽管我喜欢阿嬷，却无法向阿嬷撒娇，至少要在信中向妈妈撒娇，闹着要各种东西。

妈妈和我的书信往来总是带有滑稽的相声色彩，而在给阿嬷的信中经常会倾诉烦恼。

后来听阿嬷讲，有好几次，妈妈在信中提到：

"有一位男士向我求婚了，我该怎么办？"

仔细想来，在我上小学低年级的时候，妈妈才三十几岁，有这样的事也在情理之中。

但是，一旦听到妈妈说：

"我有两个儿子，能和我一起把他们抚养成人吗？"

每个男人都退却了，因为那个时代大家都很穷。

或许大家都想，竟然要抚养两个和自己毫无血缘关系的男孩子，简直太离谱了。

这样的事情发生过几次后，妈妈给阿嬷寄来一封信：

> 妈妈，我决心再也不结婚了。我会一直工作、工作，工作到孩子们都考上大学。我让孩子们受了很多苦，这就算给他们的补偿吧。工作、工作，十元也好，一百元也好，我要给孩子们很多钱。

妈妈三十岁就和丈夫死别，四十岁左右还要做出如此的决定，真是太为难她了。

妈妈觉得自己让孩子们吃了不少苦，为了我和哥哥，她把一个女人应有的幸福都牺牲了。

虽然妈妈会向阿嬷倾诉苦恼或商量事情，但从真正意义上讲，妈妈从未在信中写过让阿嬷担心的事。

我被寄养在佐贺后不久，妈妈关掉居酒屋，开始在一家很大的中餐店工作。

> 因为我工作努力，很快就得到了信任，还有了好朋友。社长对我也非常好，你们不用担心。工资也很高。

妈妈总在信中写一些风光的好事，尽量让阿嬷放心。

但是，或许是长年辛劳和环境变化的缘故，妈妈的身体累垮了，住了一个月的院。

像往常一样每个月寄给阿嬷的信中，妈妈这样写道：

> 实际上，上个月我住院了。本来每个月该寄五千元的，这个月只能寄上两千元，不足的部分，还请妈妈想想办法。

我们收到信的时候，妈妈已经出院了。

我并没有打算偷看，但正好门外来了客人，阿嬷去开门时信就放在那里，我不经意中看到了。尽管还是个孩子，我也感觉很为难，因为阿嬷家太穷了。

我觉得这是件大事，就想尽量做点什么。平时我总是吃两大碗饭，既然这个月只寄了一半的钱，那就只能吃一半了，所以那个晚上只吃了一碗饭。

"不舒服吗？"

"没有。"

"再吃一碗吧？"

"我已经饱了。"

这时，阿嬷突然注意到了我的反常情绪，一下子明白了什么，盘问道："你看到信了？"

听到阿嬷这样问，无法抑制的伤感立刻涌上心头，我从家里跑了出去。

对妈妈的担心和无名的懊恼让我坐立不安。我跑到河堤上，放声大哭。

哭累了回到家里，看见我的房间已像往常一样铺好了被褥，挂好了蚊帐。钻进蚊帐，我看见枕边放着一个盘子，上面有一个大饭团和一张纸条。

"饭还有的是，吃吧。"

看着纸条上温馨的字句，我不禁热泪盈眶。当我吃饭团时，阿嬷撩开蚊帐，微笑着静静地看着我。

"不要让阿嬷担心。"

这是妈妈常常嘱咐我的话，我也一直在努力，但不论是神社事件还是晚饭事件，每次我都是被阿嬷的开朗拯救。

四　和妈妈在一起的暑期（一）

每到学期末举行结业典礼的那天，我根本不关心什么成绩单之类的事情，心早已飞到了广岛的妈妈那里。

不光是我的心，结业典礼结束数小时后，我整个人都要乘上去广岛的特快列车了。

阿嬷觉得我很可怜，所以，总是等我结束结业典礼后回到家，便马上把我送到佐贺车站。而且，她还用响彻整个车站的大嗓门说："要一张到广岛的特快车票！"

我知道家里穷，所以几乎每年都会说：

"阿嬷，特快车票太贵，不要买了。"

阿嬷根本不听，她说："一年就和妈妈见一次面，越快越好，哪怕是快一分钟也行。"

咣当咣当、咣当咣当，火车开动了。

咣当咣当、咣当咣当，离妈妈越来越近了。

想到这里，坐在座位上的"哭鼻虫昭广"的眼泪夺眶而出，于是，总被其他的乘客问：

"小朋友，怎么了？是不是肚子疼？"

"我被寄养在佐贺的阿嬷家，暑假到了，现在要回广岛的妈妈那里。"

当我说明缘由后，大人们经常会受我的感染，也流下眼泪，一起为我高兴。

足以证明我是多么想见妈妈的，是我曾在七夕节许愿的纸上写了五十多遍"妈妈，我好想你"。

有一个暑假，我拿出许愿纸让妈妈看，结果妈妈也拿出一张纸，说："妈妈也写了。"

不过，妈妈只写了两次。我还曾不讲理地噘起嘴。

"还是我想见妈妈的愿望强烈。"

在广岛快乐无比的暑假生活就要拉开序幕啦。

上小学低年级的时候，我和以前住在广岛时比，没有任何长进。

我一早就会起床。因为晚上工作的缘故，妈妈还在睡觉。但即便在睡觉，只要她在屋里，我就放心了。

不一会儿，伙伴们来叫我。附近的孩子们对只有在暑期才会出现的我感到很新鲜，和我相处得很融洽。

我使劲压制着把妈妈叫起来的冲动，想让疲惫的妈妈多睡一会儿，于是和伙伴们一起出去了。

但是，刚玩五分钟，我就开始惦记：妈妈是不是已经起床了？

赶紧回到家里一看，妈妈还没有起。

没办法，我再出去玩。

但是，没过五分钟又开始想：妈妈可能已经起床了。

然后又回到家里。妈妈还在睡觉，没办法，我又出去玩，但五分钟后又惦记上了。

就这样反反复复好几次，甚至几十次。

另外，在妈妈很晚还没有起床的日子，我不会大喊"妈妈快起床"，而是轻轻地拉开窗帘，让早晨的阳光洒在妈妈身上。

我期待着妈妈会因为刺眼的光线睁开双眼。不过，她一般都会在十点前醒来。

起床后，妈妈先去厨房给我做早饭。看着妈妈用煤气炉烧饭、做酱汤，我总是感慨："真先进。"

在阿嬷家，只能用烧柴火的炉灶做饭。

现在土灶或许反而更时髦，但当时我看见妈妈轻松地用一根火柴就能点燃煤气炉，感觉特别高级。

妈妈自己开居酒屋时，即便在暑假里，也每到傍晚就把我留在家里看门；而在中餐店就职后，她时常把我带到店里。

妈妈工作的"苏州"是当时广岛最大的中餐饭店，不仅有拉面和饺子，还有咕咾肉、青椒牛肉丝等正宗中国菜。

妈妈原本是作为服务员被招进店的，后来她向社长提议，创建了"演艺部"。

这个想法来自以前和爸爸一起开居酒屋的经验。那时，妈妈曾在宴会上弹三味线伴奏。有一次在客人的要求下，妈妈唱了一首歌，因为唱得太好了，所有人都大吃一惊。

"再唱一首吧。"

因为不断有这样的要求，后来妈妈想到：既然在日本料理店里给客人唱歌跳舞很受欢迎，那么在中餐店也可以提供这种服务。

于是，妈妈不仅自己唱歌跳舞，还从服务员中召集志愿者，自己当老师，教他们演出技巧、编歌舞，用现在的话讲，就是宴会节目的总制作人。

一旦进入演艺部，就不用给客人斟酒了，而且工资要比服务员高，因此演艺部成了"苏州"的女服务员憧憬的目标。

作为演艺部的指导者和负责人，妈妈被称为"秀子姐"，受到大家的敬仰和爱慕。

指导别人可是件辛苦事。妈妈的工作从傍晚才开始，但为了教演艺部的人表演，下午一点就要赶去店里。除了教演出技巧外，妈妈还负责宴会演出的排练工作。

"阿满和阿雪在这里一起跳舞，其余的人呢，对了，听到这个声音的时候就出场，最后大家一起跳。"

妈妈被工作占用的时间太长了，所以总会把我一起带去。

如果和妈妈一起去"苏州"上班，首先会去"秀子姐的房间"。那是妈妈专用的房间，虽然是仅有三叠大的和式房间，但总算能在那里打个盹儿休息一下。

房间里有梳妆台，还摆满了三味线、拨子之类的东西。直到现在，我依然能备感亲切地回忆起那间总是飘着香粉味道的屋子。

当妈妈换排练用的服装或为演出化妆时，我就在旁边做作业、画画或写日记。

到了傍晚开始营业后，妈妈更加忙碌了。

她不仅是演艺部的总指导，还兼任领班的工作。刚才还在宴会场跳舞，一眨眼的工夫又在接电话：

"哎？如果每人的预算是两千元，就不能提供歌舞演出。一定要有歌舞？那就要请您将菜品从七种减到五种，这样能唱几首歌……"

刚放下电话，她马上又双手端着装有五人份炸鸡的沉甸甸的中式大盘子飞奔上楼梯；如果有客人要结账，又快速冲下楼梯，随后告诉收银台的工作人员：

"××间的客人要了五壶酒，服务费是……"

总之，能整体掌控"苏州"的商品种类和宴会演出情况的，只有妈妈一个人，真的是忙得团团转。

妈妈不愧是开过店的人，擅长按照顾客的实际情况灵活变通。

比如，听说客人已在其他饭店吃过一顿了，就会少安排一些饭菜，多提供歌舞表演；发现客人预算不多，则会只安排一种价格贵的菜品，再加上能填饱肚子的炒饭。

另外，一家老小来"苏州"吃饭的人也很多，那时，妈妈就会加上孩子们喜欢的菜品。

似乎有许多人受过妈妈的关照。我长大后曾遇到一位社长，他在我面前深鞠一躬：

"年轻的时候，你母亲帮了我大忙。那时要款待客户，可又没有多少钱，每次你母亲都会尽量帮我妥善安排。"

我觉得掌控着整个饭店的妈妈十分风光，而最让我感到自豪的，还是在宴会上表演的妈妈。

第一次去"苏州"时，妈妈在演出前曾对我说：

"昭广，好好看着，妈妈会赢得全场的掌声。"

我从宴会场外偷偷地看，演艺部的姐姐们载歌载舞，舞台上十分热闹。看节目很有意思，可是一直没有妈妈的身影。

"妈妈怎么没出来？"

我觉得很扫兴。但演出接近尾声时，一位身穿带家徽和服的威严"男子"精神抖擞地上台了，是妈妈！

用现在的话来说，妈妈就像宝塚①里女扮男装的演员，真是英姿飒爽！

妈妈先跳了一段拿手的武士舞，然后脱掉和服，眨眼间便成了女式装扮，开始边弹三味线边唱歌。

之前一直热热闹闹的宴会场，在妈妈出场后立即变得寂静无声，大家都陶醉在妈妈的歌舞中。妈妈表演完毕后，会场响起了雷鸣般的掌声。

后来我才知道这叫"压轴戏"，即演技最高的人最后出场表演。真正演技高超的人出场后，观众席上会鸦雀无声。正如唱卡拉 OK 时一般都十分吵闹，但一旦出现歌喉美妙的人，大家都会侧耳倾听。

女招待一类从事服务行业的人，大多不希望让小孩子看到自己的工作情况，但是，如果对工作充满自豪感，不论是什么行业，我觉得都可以让孩子看看。

看到妈妈自信满满的表情和大家陶醉于演出的样子，我自己也十分骄傲："那是我的妈妈！"我一生都不会忘记那种感觉。

"妈妈真的很风光！"

因为我一个劲地赞叹，到了第二天，妈妈教了我一点简单的舞蹈。就是将手绢当作渔网，跺着脚跳"捉虾舞"中的一小节。

我认真地练了两三天后，妈妈对我说："今天演出时你在角落里看着，如果妈妈给你暗示，你就露出头来。"

那天演出时，一看到妈妈的暗示，我就从角落里探出头来。

---

①宝塚歌剧团 1913 年于宝塚市成立。该团主要学习和表演西洋古典歌剧，所有演员都是未婚女子。女扮男装的男角极难培养，地位也十分尊荣。如今"宝塚"已成为日本文化的一个重要象征。

有几个客人注意到我，纷纷说：

"咦？是不是有个小孩子？"

"有，有，怎么回事？"

妈妈若无其事地说道："啊，对不起，是我的孩子。放暑假了，带他过来玩玩。"

"哇，叫过来吧，叫过来吧。"

"小朋友，过来。"

听到客人们叫我，我走上舞台，深深鞠躬。

"哟，真可爱。"

"你会什么呀？"

"只会一点舞蹈。"

我瞅了妈妈一眼，妈妈微笑着点点头，开始为我弹《渔夫之歌》。我一板一眼地把所学的舞蹈跳了一遍。

大家都大笑着为我喝彩："不错，不错。"

"真厉害，真厉害。"

"给，这是奖励。"

我还拿到了小费，初次登台大获成功。

现在想来，就像妈妈在慰问团中萌发了从艺的志向一样，或许，我从艺的志向就产生在这个时候。

如果去"苏州"，要从中午一点一直待到晚上，晚饭当然也在店里吃。这对我来说简直像天堂。

"苏州"有七八位手艺高超的厨师，特别是大厨王先生，曾就职于东京有名的中餐店，能像施魔法一样做出我从未见过，甚至从未听说过的菜肴，比如北京烤鸭、鱼翅汤、红烧鲤鱼、棒棒鸡……

第一次听到时，我根本无法想象这些究竟是什么东西。

能做出如此美味的王先生，一到傍晚就会问我："想吃什么？"

他当然不会专门为我做鱼翅汤或红烧鲤鱼，不过会问："想吃炒饭还是荞麦面？炒面也很好吃。"

那时，估计几乎所有人都和我一样，没有被问上一句"想吃什么"的运气，放在面前的总是家中唯一的一种饭菜，只要有吃的就心满意足了。

所以，一到傍晚，我总是急切地盼望着王先生过来问我"想吃什么"。然而，真被问到时又很难做出决定，因为这个也想吃，那个也想吃。

夜渐渐深了，九点左右，我开始困倦。

在"秀子姐的房间"里，在妈妈香粉味的包围下，听着宴会场的喧闹声，我经常不知不觉地就迷迷糊糊睡着了。

到了十一点，妈妈会把我叫起来："昭广，该回家了！"

我揉着睡眼，半睡半醒地坐上出租车。说到出租车，这也是在佐贺从未体验过的奢侈品。

绚丽的舞台世界、王先生的高级中餐、平日一般不会乘坐的出租车……总之，在广岛度过的暑假充满了缤纷的色彩。

而最重要的一点，就是妈妈总能陪伴在我的身边，让我感到无比幸福。

五　和妈妈在一起的暑期（二）

妈妈的工作实在太忙了，有时顾不上我。慢慢地，我开始觉得没意思了，就一个人去外面玩。

起初只是白天出去，晚上就老老实实地在"秀子姐的房间"里做作业。到了小学高年级后，晚饭后我也会大胆地跑到外面去。

夏天的夜晚，在外面玩远远比憋在家里感觉好。

那时的广岛，有一块被称为"小摊街"的区域，几十个煎菜饼摊一家挨着一家。调味汁烤焦后散发的香味，总能吸引我在街上四处溜达。

后来，我发现了一群几乎每天都出没于街道上的孩子。他们看上去娴熟而自然，一坐到椅子上，就开始点自己想吃的东西：

"大婶，我要肉丸子荞麦面。"

"啊，我要炸章鱼荞麦面。"

我总是用羡慕的眼神望着他们。

"哇，大城市的孩子真的很酷。"

尽管我也想和他们一样，但既没有钱，也没有勇气。

因为每天都羡慕地望着他们，再加上我也是个孩子，渐渐地引起了他们的注意。有一天，他们主动跟我打招呼：

"以前没见过你，是哪个小学的？"

"我在佐贺上学，只有暑假才来这里。"

"佐贺？在哪儿？"

"九州。"

"啊？九州！"

我们开始聊起来。我告诉他们妈妈在"苏州"工作，其他孩子也你一言我一语地说：

"你也是商店街的？我们家就是那边的爵士乐酒吧。"

"我们家是对面的咖啡店。"

"我们家是开弹子游戏房的。"

看来大家都是附近商店街的孩子。

"苏州"位于广岛最大的商业街，四周的商店里有许多像我一样父母无暇顾及的孩子。他们的父母经营的店往往晚上更忙，就给孩子们零花钱，让他们在外面玩。

在佐贺，顶多在有祭祀庆典的时候，孩子们才会在晚上出来玩。而这里，父母竟然允许孩子们在外面玩耍，看来大城市就是不一样。

我十分羡慕这些充满城市气息的孩子，感觉他们很酷，他们也觉得我讲的偏僻地区的事情很有趣。

我告诉他们，阿嬷经常把在家门口的河里捕捉的鳌虾放入酱汤，我还爬上高大的糙叶树摘果子吃，他们都瞪圆了眼睛，听得很入迷。

他们把我当成了朋友，零花钱不够时，还会请我吃煎菜饼。

有一天，我们三四个孩子正像往常一样在小摊前吵吵闹闹，旁边一位正大口喝酒、已有些醉意的大叔对我们说：

"喂，你们怎么会有钱？"

爱搭话的我立刻回答：

"因为是有钱人呀。他是那边拐角弹子游戏房老板的儿子，这位是对面酒吧老板的儿子，嗯，这位是那家咖啡店老板的大儿子。"

大叔似乎有些畏缩，但马上红着脸说：

"这么晚了，小孩子不该在外面玩，快回家。"

他说得完全合情合理。但是，我们当中最老成的酒吧老板的儿子立刻反驳道：

"就算是回家，大家都在工作，反而会嫌我们添麻烦。所以大人给了零花钱，让我们在外面玩。"

结果，大叔只好允许我们在那儿玩耍了。

"既然家长这么说，那就没办法了。你们也不容易呀。"

"是啊，是啊。"

我们像往常一样开始吃煎菜饼，过了一会儿觉得没意思了，咖啡店老板的儿子开始和大叔搭话：

"喂，大叔，我跟您讲，这个孩子住在特别偏僻的地方，听说还从河里捉螯虾吃。大叔，您吃过吗？"

"哦？螯虾？"

或许那位大叔小时候也吃过。看上去已经醉得不轻的他，同我们聊了起来。

于是，我得意地对大叔讲：佐贺的家门前有条河，河的上游有菜市场，阿嬷在河面上架一根木棒，把市场里的人扔掉的蔬菜拦住，捡回家后挑干净的吃。阿嬷把那条河叫作"不用付钱的超级市场"。

大叔开怀大笑。我们很快成了好朋友，聊得特别开心。后来不知是谈到了什么话题，我无意间提起：

"我跑得特别快。"

"噢，那你给我们演示一下吧。对了，干脆大家一起跑吧，谁拿第一，我就给谁奖励。"

竟然发展成了比赛。首先要商定在哪里跑，当时已经过九点了。

那个时间，商店街几乎所有的店铺都关门了，大家可以并排跑，我们便走着去了商店街。

没有行人的大马路确实适合奔跑。

我们定下了起跑线，男孩子们都站在那里。

刚才还在哈哈大笑，但这时大家的表情都非常严肃。

"各就各位，开始！"

一听到大叔的叫声，我们一起冲了出去。

那是一个暖风习习、令人激动的夜晚。一想起在空荡荡的商店街上奔跑的情景，我的脑海中就会鲜明地浮现出商店街孩子们的笑脸，还有煎菜饼的香味。

要说比赛的结果嘛，当然是我顺利地获得了第一名，因为我一向是全年级的跑步冠军。

大叔奖给我一瓶果汁和一百日元。

如果是现在，人们会说孩子和醉汉在一起玩太危险，但那时的广岛虽说是大城市，却还是个能让人与人亲密接触的温暖的地方。

说到和人的接触，"苏州"的工作人员对我真的很好。

在佐贺，我天天盼着能和妈妈见面的暑假早点到来，结业典礼一结束就立刻冲上火车。妈妈似乎也一样，早早地就对同事们说：

"暑假我儿子会来，真盼着那一天能早点来啊。"

"一周后就能见到儿子，太期待了。"

"一想到再过两天能见儿子，我就很高兴。"

于是，"苏州"的工作人员早早地就知道了我的存在，并欢迎我的到来。唯一让我头疼的是，大家都追问我：

"拿到成绩单了？"

"得了几个五分？"

我对学习没有一点自信，就连我十分喜欢的妈妈，都从未看到过我的成绩单。

因此，一谈到成绩单，我就会像缠着妈妈要自行车时她给我的信一样，搪塞道：

"哎？成绩单是什么东西？佐贺好像没有。"

尽管成绩单让我头疼，但下早班的服务员常常邀请我："昭广，总在店里待着没意思吧？去阿姨家玩吧。"这让我十分高兴。

王先生的豪华炒饭和小摊上的煎菜饼当然好吃，但如果每天都在外面吃饭，小孩子也会腻的。

在阿姨家能吃到家常风味的晚饭，和那家的孩子一块儿玩烟花也非常快乐。

如果时间晚了，大家都会热情地问：

"昭广，今天就住在这里吧？"

但我绝对不会住在别人家里。一年中只有暑假的四十多天可以和妈妈在一起，一定要每天都和妈妈一起睡。

我要一天不落地在起床后对妈妈说"早上好"。

在佐贺，我曾经下定决心。

六 和妈妈在一起的暑期（三）

前面写到过曾多次有人向妈妈求婚，现在想来，我碰到过两次，隐约感觉那是求婚的人。当然，这些事都发生在暑假期间。

一天中午，妈妈让我换上外出时穿的正装，对我说：

"我要去收账，一起去吧。"

当时，很多在饭店用餐的客人会先记账，月末再一起支付。我曾和妈妈一起去收过几次账。但是，为什么那天偏偏要穿正装呢？

收拾停当，我和妈妈去拜访一位在邮局工作的叔叔。妈妈说："我们是来收账的。"

然后，我们三个人去了一家很时髦的饭店吃饭。对方的行事风格是不是很像妈妈的男朋友？

还有一次，妈妈出去办事了，家里来了一位我从未见过的叔叔。

"你妈妈呢？"

"出去了，她说马上就回来。"

那位叔叔说在家里等一会儿，不过，他可能觉得我们两个待在家里有些尴尬，于是提出带我出去散步。

"咱们在附近走走吧？"

走到附近一家大的水果店时，他说："我给你买点吃的吧。"

天真的我立刻答道："我要香蕉。"

当时香蕉非常贵，叔叔竟然给我买了整整一把。

不久妈妈就回家了，之后的事我记不清了，但是，他竟然专门给我买了一把香蕉，看来是想讨妈妈喜欢。

不过，这终归是儿时的记忆，而且记不清到底是什么时候的事情了，两位叔叔也可能只是普通的亲戚朋友。

妈妈没有再婚，我作为孩子当然十分高兴。但长大后想想，妈妈的生活中除了工作，还应该有其他浪漫的内容才是。

尽管达不到浪漫的程度，但妈妈的确很受欢迎，连我在广岛的好朋友也大多是妈妈的拥趸。

有一年七月，在定期的来信中，妈妈写道：

"昭广，今年暑假来广岛时，一定要从火车上看咱们家的房顶。"

当时，妈妈住在叫"白岛"的地方。差五分钟就到广岛车站时，透过火车左侧的窗户，能看到我家租住的楼房的房顶。

但我们租住的楼房很小，在飞驰的火车上能看到的时间很短。

我不知道是怎么回事，但既然亲爱的妈妈在信中专门这么说，那一定不能错过看房顶的时间，那一年，我提前一个小时就趴在左侧的车窗前。

结果，房顶上竟然写着：欢迎昭广回家。

不知道妈妈究竟是用了什么魔法，我十分感动，平时想到能和妈妈见面就高兴得哭鼻子，而这会儿已是泪流满面。

后来才听说，那是把好几张模造纸粘在一起，妈妈用万能笔在上面写上字，再由住在附近的小川君和其他小伙伴贴到房顶上的。

我最近还碰到过小川君，他笑着对我说：

"昭广君的母亲很有意思。那一次突然把我们叫去，说'这个不错吧，帮我贴到房顶上'，真是别出心裁。"

估计妈妈自己也觉得想出了一个不错的主意，表情肯定像个孩子一样，得意扬扬地拜托小川君他们。

不过，妈妈再怎么有创意，如果没人帮忙贴到房顶上，想法也无法实现。正因为有许多孩子乐意帮忙，她才能完成梦想中的创意大展示。

"秀子姐"在"苏州"的顾客中也很受欢迎。令我高兴的是，许多职业棒球选手也经常光顾"苏州"，因为我是"秀子姐"的儿子，有些人会热情地跟我打招呼。我如此喜爱棒球，想必这也有积极的影响。

暑假正值棒球的赛季。而且，"苏州"就在广岛市民球场旁边。职业棒球队员见我闲着没事，就冲我招手。

"昭广君，如果你有时间，就去看比赛吧。"

说着，递给我一张贵宾席的票。这种幸运曾多次降临到我身上。

小时候，我总是等妈妈休息时和她一起去球场。到了小学高年级，在妈妈工作时，我会一个人去看球赛。

小学生独自来看棒球比赛，已经十分显眼了，何况还坐在挡球网处的贵宾席上。别人都很诧异，不知道我究竟是什么人。经常会有人问我：

"小朋友，有票吗？这里是贵宾席。"

"小朋友，你是一个人来贵宾席的？你们家是干什么的？"

有一次，有人问我："你妈妈在哪儿？"

我老老实实地回答："在'苏州'跳舞。"

"啊，那么说你是秀子的儿子？"

对方竟然一下就猜对了，让我大吃一惊。看来妈妈不仅受欢迎，还是个名人。

能一个人独占如此有名的妈妈的日子，只有她的休息日。

但是，妈妈身兼演艺部总指挥和总领班，在暑假的四十多天里，只有几天休息日。

她只要闲下来，总是带我去游乐园或海滨浴场。

我特别盼着去一个叫"乐乐园"的海滨浴场。位于宫岛线附近的"乐乐园"还设有游乐场，用现在的话来说，感觉就像疗养地，是个很别致的地方。

"明天妈妈休息，我要去'乐乐园'海滨浴场了。"

我两眼放光地说，大厨王先生就会让我拿上水果和炸鸡等食物。"那就带上这个吃吧。"

然后我们再带上妈妈做的有饭团和煎鸡蛋的便当，一大早就坐车出发了。

先在白岛上车，再从八丁崛换乘去宫岛的车，那时我的心情达到了最高潮。

海滨浴场里总是有很多父母带着孩子玩，十分热闹。在佐贺，只要看到父母带着孩子，我就感觉很寂寞。但在这个海滨浴场，因为能一直和妈妈在一起，我便自豪地向大家炫耀：

"看，快看，我也和妈妈在一起。"

现在想来，那些能一直和妈妈在一起的孩子，肯定不理解我当时为什么那么兴奋地四处奔跑。

在"乐乐园"的时间是暑假中最快乐的时刻，唯有一件事情让我不满，就是妈妈来到海边后，总是坐在硕大的遮阳伞下看着我在海里玩。别人家的母亲却会换上泳衣和孩子一起玩耍。

"妈妈，你不会游泳？"

"不，我会游。"

"那，和我一起下水吧。"

"对不起，如果晒黑了，就不能登台演出了。"

妈妈略显落寞地笑笑。我虽然有些孤单，但想到舞台上光彩照人的妈妈，也只好忍耐了。

不过，妈妈曾在我面前游过一次，游得非常好。回到佐贺后，我告诉了阿嬷，结果阿嬷说：

"你妈妈跑得特别快，运动神经很发达。"

看来我跑得快是遗传了妈妈的基因，一想到这儿，我就分外高兴、分外自豪。

最后，快乐无比的暑假渐渐接近尾声了，我每年这时都会说：

"妈妈，我好像发烧了。"

"是吗？"

"妈妈，我头也疼。"

"是吗？"

"肚子也疼。"

"嗯，嗯，知道了。"

妈妈从不明说我是在装病，但她清楚我的不舒服来自于心理原因，所以不太搭理我。

即便如此，我依然想方设法吸引妈妈的注意。

"好像烧得越来越厉害了。"

“我浑身疼。”

我拼命地诉说。

妈妈也会应声说一句“哦”或是“知道了，知道了”，但从未说过：“那就病好后再走？”

即便装病，也只能一时起作用，我最终还是要回佐贺。

“明年很快就会到来。”

妈妈总是这样安慰我。这句话或许也是说给她自己听的。

在车站送行时，妈妈绝不敢直视我。

“对不起，这孩子一个人坐车，到了佐贺，请提醒他下车。拜托您了。”

妈妈会一次又一次地向乘务员低头致谢，然后对我丢下一句话：

“再过三百六十四天，又能见面了。”

说完，妈妈看都不看我一眼，转身就往外走。

或许妈妈不希望我看到她流泪的样子。如果看到妈妈哭了，我会立刻变成“哭鼻虫昭广”。

但是，那时我最想要的就是和妈妈多待一会儿，哪怕是一分钟、一秒钟也好。

“你坐特快来的？那回去的时候，妈妈也给你买特快票。”

听妈妈这么说，我总是答道：

“不用，不用。如果坐特快，就会飞快地离开妈妈。如果是慢车，就能慢慢地离开妈妈，还是慢车好。”

我无意中说出的这句话，却让平时开朗乐观的妈妈湿了眼角。

因为总想和妈妈多待一会儿，上小学四年级后，我开始改乘晚上的卧铺车，赶在九月一日早晨六点左右到佐贺。这样就能和妈妈一起待到八月三十一日的晚上。

只是，在只能听到咣当咣当声的夜行卧铺车上，拉上窗帘、裹上一层薄毛毯后，和妈妈分离的落寞便开始慢慢涌上心头，真有些难以忍受。

七　自行车和存款

托妈妈的福，我从小受到职业棒球选手的诸多关照，升入中学后便毫不犹豫地加入了棒球队。

棒球队管理十分严格，暑假也要天天训练，因此能去广岛和妈妈在一起的日子只有盂兰盆节前后一周的时间。

或许是因为渐渐长大了，我从未想过要放弃棒球。只是一到假期，我还是会马上回广岛，不到最后一刻绝不回来。

我当时的梦想是进入广岛的广陵高中，和妈妈一起生活。我想很多人都知道，广陵是棒球名校，曾多次参加甲子园高中棒球联赛。

我当然十分喜爱棒球，但还有另外一种想法——如果能在名校广陵高中打棒球，妈妈肯定很自豪。

为了实现梦想，三年的初中生活，我全身心地投入到棒球训练中。而且，通过体育生推荐，我终于被广陵高中录取。

回广岛的日子到来了！

和以往每年我回广岛时一样，这次妈妈也说要来车站接我，但我拒绝了："不用专门来接我，因为我们能一直在一起了。"

妈妈也同意了。"这么说也是。"

于是，我第一次自己一个人从广岛车站回家。

不用再回佐贺，能一直和妈妈在这里生活了。我慢慢体味着这种喜悦。

那时，妈妈已经搬出租住的公寓，租了一套面积不大但独门独院的房子。

我打开房门喊道："我回来了。"

"回来啦。"妈妈从屋里走了出来。

不知怎么回事，我感觉格外新鲜、格外不可思议、格外兴奋，还有些不好意思。

我不由得把目光从妈妈身上移开，发现房间里竟然放着一辆崭新锃亮的自行车。上次暑假回来时，家里并没有这东西呀。

"你以前写信时不是一直在要自行车吗？这是对你这八年来离开妈妈独自努力的奖励。你可以骑着它上学了。"

我确实一直嚷着要自行车，妈妈总是想出各种借口搪塞过去，比如"我不知道什么是自行车"，"广岛没有卖的"等等。

我做梦都没想到妈妈真的会给我买，万分吃惊。

"你可以骑着它上学了。"

妈妈这句话让我深深地感到："啊，真的可以一直在这里和妈妈生活了！"于是，内心充满了两倍甚至三倍的喜悦。

我抚摸着锃亮的自行车，感慨万千地说：

"是啊，这是妈妈靠唱歌跳舞，拼命工作为我买的。"

"是的，这是'小费号'。"

妈妈自豪地说，然后两人一齐开怀大笑。

以前只骑过从朋友那里借来的车，我特别想骑一骑这十五岁才得到的第一辆自行车——"小费号"，心里痒痒的。一放下行李，我就说："妈妈，我出去骑骑车。"

"刚回家，用不着那么着急，快给我说说你阿嬷的情况。"

尽管妈妈想阻止我，但回到广岛后，我变得特别不拘小节。

"妈妈，以后咱们能随时在一起了，可以吧？"

我说着，跨上了自行车。

当时还是三月，外面的风还略带寒意，但第一次骑上自己的自行车的感觉无比美妙。

我开心不已，突然冒出一个念头。"对了，干脆骑着车去海田的姨妈家吧。"

于是，我决定去住在离广岛市不太远的海田町的姨妈那里，打声招呼。如果是骑自行车，抵达那里只需要三十多分钟。

"您好，我是昭广，我回广岛了。"

"啊，啊，我听秀子说了。考上了广陵高中？真不错。"

以前暑假的时候经常去姨妈家里玩，我回到广岛和考入高中也让姨妈格外高兴。

"今天晚上给你做好吃的，住一晚吧。"

"啊？"

我曾暗下决心，暑假时一定要每晚都和妈妈一起睡，以前从未在海田的姨妈家住过。

姨妈也清楚我的心思，所以从来没有劝我住在她家。但是，那天姨妈却毫不在意地说：

"住一晚再回去吧。"

听了这话，我不禁犹豫了。是啊，可以住在外面了。现在并不是暑假，因为我已经回来了。一想到这儿，我高兴得又差点流出眼泪来，便对姨妈说："好的，我住一晚吧。"

在电话里，我问妈妈："妈妈，我今晚可以住在海田的姨妈家吗？"

"可以，当然可以。现在我该去上班了，你就住在那里吧，明天回来就行了。"

妈妈似乎全都明白，高兴地同意了。

"嗯，那就明天见。我明天回去。"

我慢慢体味着自己说的话，眼泪又差点流出来。

"明天回去。"

啊，多么好的一句话呀！

尽管都成了高中生，可我又变回了"哭鼻虫昭广"。

那天在姨妈家吃了丰盛的晚餐，第二天和妈妈在一起痛快地聊天。但是，我突然开始担心阿嬷了。

"回到广岛的我如此幸福，却不知道阿嬷现在怎么样了？"

佐贺的八年间，我住在阿嬷家，每天从河里提洗澡水和给地里浇水都是我的工作。

"阿嬷自己在提水吗？"

"她的腰没事吧？"

想着想着，我开始坐立不安了。于是，回到广岛的第三天，我就对妈妈说："我想回阿嬷那儿看看。"

"哎？你刚回来呀，这就要回去？"

"嗯。"

"啊，好吧，想回去就回去吧。"

"嗯。我骑'小费号'回去。"

"骑自行车？那要好几天时间呢。"

"嗯，我可以一路野营。我想让阿嬷看看'小费号'。"

我买了一个睡袋，决定第二天一大早就出发。

早晨，妈妈做了大个儿的饭团，让我带上。"路上小心车。"

"嗯，那我走了。"

"走吧。"

我笑着冲着妈妈挥手。

竟然能面带笑容离开广岛，因为自己清楚很快就能回来。我感慨万千地蹬上了自行车。

到佐贺四百公里的路程，骑自行车用了四天。

我本打算晚上在寺庙借宿，所以带上了睡袋，但每个寺庙的住持都让我住进他们房里，还请我吃晚饭。

那是一九六五年的事。当时正值经济高速增长期，已是人情逐渐淡薄的时候，但是现在想来，人情味依然很浓。

一周前刚在佐贺和阿嬷挥泪告别、搬回广岛，这么快又跑回来了，阿嬷也是大吃一惊。

"怎么又回来了？"

"嗯，妈妈给我买了辆自行车。我想锻炼锻炼身体，就骑回来了。"

"哦？那可是广陵的棒球队，不努力可不行。"

阿嬷好像完全认可了我的说法，点了点头。但是，在我把妈妈准备的小点心递给她后，她一边把点心供奉在佛龛上，一边对去世的外公念叨："南无阿弥陀佛，南无阿弥陀佛。老头子，他在撒谎，他是担心我才回来的，这个傻孩子。"

阿嬷当时并不知道我听见了这番话。

一周没有从河里提洗澡水了。以前认为提水是理所当然的事情，现在却让我感觉十分亲切。

之后，阿嬷用炉灶给我做了米饭。真是此一时彼一时，小时候我感觉煤气炉先进，而现在却想：

"还是炉灶烧的饭最好吃。"

吃完饭，阿嬷从佛龛上拿下一个信封，递给我。

"幸亏你来了，我忘了给你了，把这个还给你妈妈。"

"什么？"

"你妈妈给你寄来的钱，这些是剩下的。"

我惊讶地打开一看，里面竟有十四万日元。

妈妈寄的钱本来就不多，而在八年中，阿嬷竟然精打细算地为我省下了这么多。想到这里，心头不禁一热。

但紧接着，我突然觉得不太对劲。

"阿嬷，您先等等。"

"嗯？"

"我们家很穷吧？"

"是啊，祖祖辈辈都很穷。"

"小时候，有时连饭都吃不上。"

"是的，是的。"

"您攒下了钱，为什么不用来买米呢？"

听到我尖锐的问题，阿嬷沉默了片刻，随后说："你说什么呢。偶尔不吃饭对身体好。"然后爽朗地一笑了之。

按阿嬷的性格，如果她决定要从妈妈寄来的钱中留下一部分以备急用，那不管是没米还是挨饿，也绝不会改变主意。

想到小时候饿肚子的往事，我不禁有点埋怨阿嬷的坚强意志。不过，既然现在我们两个都在健健康康地开怀大笑，看来饿几次肚子也不错。

我在阿嬷家待了两三天，然后又用了四天时间骑着"小费号"回到广岛。回家后，我立刻将装有十四万元的信封递给了妈妈。

听了事情缘由后，妈妈朝着佐贺的方向拜了拜，哭倒在地：

"妈妈，您为什么要这样做？为什么不用这钱买一套和服呀！"

妈妈剧烈颤抖的声音中，饱含着对阿嬷的感谢和尊敬。

八　新盖的四十四坪三居室

那是考入高中后不久的事情。

有一个星期天，妈妈满面微笑地说："今晚来'苏州'吧。"

我从上小学起就对"苏州"十分熟悉，回到广岛后更是把那里当成了第二个家，经常去玩。

"专门叫我去，有什么事吗？"我心里想。

棒球队的练习一结束，我就去了，结果发现那里已经为我们摆好了桌子，妈妈和哥哥就不用说了，"苏州"的社长竟然也坐在席间。

"咦，出什么事了？怎么回事？"

见我焦急地询问，社长笑眯眯地对我说：

"行了，先别问了，昭广。快坐下。"

然后社长示意工作人员拿来啤酒，还为我端上了果汁，继续吊我胃口："实际上，今天有一件可喜可贺的事情。"

妈妈和哥哥都面露微笑。到底有什么事？我完全摸不着头脑。

大家的杯子都斟满后，社长开口说道：

"是这样，秀子买了一块地。"

"什么?！"

我从小就认为我们家是一穷二白，而且不知为什么，阿嬷总是自豪地说："我们家祖祖辈辈都穷。"所以，我从来没想过我们家竟然能买土地。这个消息惊得我差点从椅子上跌下来。

社长接着说："总而言之，'苏州'的生意能如此红火，都是多亏了秀子。当秀子找我商量时，我毫不犹豫地作为担保人签了字。"

"真是谢谢您了。"

妈妈低头致谢，哥哥和我也有样学样。

社长又继续说道："但这不足以表达我对秀子的谢意，所以，我打算出资在秀子买的那块地上给你们盖房子。"

听到社长这番话，我们全家人都十分惊讶。

妈妈当然拒绝了社长的提议，但已经一大把年纪的社长眼含泪水，说道："我家的孩子都说不想继承我的事业，我也到这把岁数了，如果没有秀子的帮助，我肯定坚持不到今天。请一定让我来建这套房子。"

最后，我们还是拗不过社长，决定由他来盖房子。

但是，具体情况我也不太清楚，如果请他人帮助建房，据说要交纳一大笔赠予税，十分麻烦。最后，妈妈还是郑重地谢绝了社长的好意，按最初的计划，决定自己建房子。

社长深表遗憾，不过答应给妈妈涨工资。

早知如此，一开始给妈妈涨工资就好了。但社长的确十分感谢妈妈，一直想找机会送给妈妈一份大礼。

妈妈买的土地共四十四坪①，这和以前爸爸拥有的土地面积相同。

---

① 日本面积单位，1 坪 ≈ 3.3 平方米。

我从佐贺归来，哥哥明年也要从九州的大学毕业回广岛找工作，从时机上来说恰好合适。但是，四十四坪的面积应该是促使妈妈最后买这块地的决定因素。

或许妈妈的心中一直有个强烈的念头，要重新拿回英年早逝的父亲失去的东西，以此来告慰父亲的在天之灵。

房子的设计图完成后，妈妈总是神采飞扬地一遍遍地拿给我们看。"这里呀，是老大的房间。这里呢，是昭广的房间。"

当然，我也十分高兴。

但说实话，我内心深处有点糊涂。

自从记事起，我就住在广岛只有六叠大的租借的房子里，而佐贺的阿嬷家虽然很宽敞，却是在剥落的茅草房顶上钉上白铁皮的破房子。

对于我来说，现在妈妈租的这套房子已经相当不错了，我很难想象母子三人和和睦睦地生活在崭新的房子里的情景。

不久，到了举行上梁仪式的那一天。

抬头望着已建好骨架的房子，妈妈又满足地反复对我和哥哥说："二层的那边是老大的房间，这边是昭广的房间。"

和单纯的设计图纸相比，大致完成的房屋框架确实更容易让人想象。

"妈妈的房子真的盖起来了。"

直到这时，我才相信这一切都是真的。

妈妈邀请了十几位亲戚来参加仪式，因为大家都有工作，宴会从傍晚开始。

宴会开始前，在散发着新木头清香的院子里，妈妈忙着安排宴席，用三合板搭起临时桌子，摆放长椅，又摆上外卖便当和啤酒。这时，妈妈的脸上充满了自信，看上去光彩照人。

专程从佐贺赶来的阿嬷一会儿看看房子，一会儿看看妈妈，眼睛湿润着，一遍遍地念叨：

"秀子真厉害，在这样的大城市里竟然能自己盖房子。看来幸亏会弹三味线会唱歌。"

"这柱子真不错！"

"房子好气派！"

"秀子，你真厉害！"

大家七嘴八舌地称赞着还在施工的房子，都用敬佩的目光看着这位凭一己之力养育了两个儿子，还能盖起房子的母亲。

我真为能有这样的妈妈而自豪！

她唱歌，跳舞，弹三味线。

双手托着大盘子在店里飞奔，在电话中应对客户。

年复一年，妈妈勤勤恳恳、孜孜不倦地工作，这就是她用超出别人几倍的努力换来的成果。

勤勤恳恳、孜孜不倦地工作，能真正做到这一点很不容易。但只要坚持下来，好日子肯定会到来。

即便妈妈不对我说什么大道理，看到那一天她的身影，我也深深体会到了这一点。

九　梦想消失的日子

那一天突然降临了。

像往常一样，我那天早早起床去学校参加棒球队的活动；也像往常一样，和伙伴们嘻嘻哈哈地出了校门。

明天依然是相同的日子，我对此深信不疑。

但是，就是从那一天开始，我再也没有和棒球队的伙伴们一起发自内心地大笑过。

广陵高中不愧是棒球名校，场地很宽敞，足够分成三块供队员分头训练。

那是我上高中一年级那年的一月。我在其中一块练习场上像往常一样负责二垒的防守。突然，我看到在旁边训练的队员打飞的一个球朝我们飞了过来。

同一个场地有三组队员在分别训练，所以常常会发生这样的事情，我们也经常互相提醒，躲避飞过来的球。

这次也一样，我冲着当游击手的队友喊道：

"危险！"

我的注意力全集中在飞向队友的球上，就在这时，另外一个球径直打中了我的左胳膊肘。

"哇！"

还没搞清楚是怎么回事，我已经蹲在了地上。

我被突然的撞击惊呆了，并没有疼痛的感觉。但是仅仅数秒后，剧痛便向我袭来。

我有些不安，暂且先回到了队员休息室。

疼痛越来越剧烈，但我不想中止练习。广陵是所棒球名校，有许多棒球队员，身边全是竞争对手。哪怕是一分钟、一秒钟，只要离开训练场就会掉队。这种类似紧迫感的压力一直支配着我。

我请人帮我敷了一下，又回去接着练习防守。

总算完成了当天的训练，我像往常一样出了校门。

但是，第二天早晨，看到自己的胳膊肘，我一下惊呆了——那里肿得像面包一样。

没有办法，那天没有去参加训练。

过了一天，又过了一天，依然没有消肿。休息的时间越长，和对手之间的差距越大。我害怕去医院，但已经不能不去了。

在医院拍了片子，在候诊室等待的时间感觉是那么漫长。我脑海中想象的全是最坏的结果，吓得浑身发抖，以前从来没有这样过。

医生却笑眯眯地说：

"嗯，骨头没有异常。一周后就能消肿。"

这句话让我吃了定心丸，我放松下来。

这一周里，我焦躁不安，度日如年，但依然对自己说：

"如果熬过一周就能复原，还可以一口气赶上队友。"

一周过去了。正如医生所说，确实消肿了。但是疼痛并没有消失，我的左腕只能保持直角，不能弯曲。而且，小拇指和无名指也不能动弹了。

"到底是怎么回事？"

自己的身体到底出了什么事？恐惧笼罩了我，我决定换一家医院看看。

为我看诊的医生表情严肃地说："或许是肘部的软骨裂开了。软骨不容易查清楚，也许过两三个月就能痊愈。"

要两三个月！原以为一周就能痊愈，我听到这个消息，情绪马上跌落下来，但依然相信自己还能再赶上。不，确切地说，是想这样相信。

为了维持体力，我想至少该跑跑步，于是不再继续在家休息，回到了棒球队。

到了四月，我已升入高中二年级，医生所说的三个月也即将过去，但我的胳膊肘依然不能弯曲。

"到底是怎么回事？"

在我的追问下，医生同情地说："肘部内侧的软骨只能等待自然恢复。"

即便到了初夏，依然没有恢复的征兆。

"什么时候能好呀？"

那时我满脑子想的都是胳膊肘的事，估计表情特别恐怖。

医生似乎欲言又止，但最后还是斩钉截铁地说：

"现在还是这种状态，要做好一年才能痊愈的思想准备。"

我完全绝望了！

一般情况下，听说一年能痊愈，应该感到庆幸才对。但是，那时我是以甲子园为目标的高中生，而且那是高二的夏天。我甚至觉得一年后痊愈将没有任何意义。

我完全自暴自弃了，不再去参加棒球队的活动，甚至不去学校上课。

给阿嬷打电话时，阿嬷依然乐观地鼓励我：

"如果不能打棒球，那就踢足球吧。"

但是，我也只能无力地笑笑。

妈妈为了让我振作起来，起初还把顾客给的职业棒球比赛门票给我："如果自己不能打棒球，那就去看看职业棒球比赛吧。给你票。"

我却一反常态，冷漠地说："不用了。"

之后，妈妈似乎察觉到再也不能在我面前提棒球的事了。

说实话，我已经记不清楚那时的事情了，只留下了呆呆地伫立在灰色世界中的记忆。

直到后来，我才从阿嬷和姨妈那里听说，妈妈当时特别担心，总是一次次说："千万不要因此而学坏呀。"

现在想来，我完全沉浸在绝望中也没什么，倒是妈妈当时不知有多焦急。她肯定也同我一样十分失落。

知道我被保送进广陵高中后，妈妈高兴极了。在我刚回到广岛时，妈妈和邻居们经常有这样的对话。

"听说你儿子回来了？"

"是啊。"

"上的是哪个高中？"

"广陵。"

"哦？是广陵？"

听说进了名校广陵就有很多人吃惊了，妈妈还会若无其事地继续说道："是的，广陵的棒球队。"

"棒球队？广陵的棒球队？太厉害了！"

见对方佩服得五体投地，妈妈最后又会加上一句："没有，没有，没什么大不了的，不过是特招生。"然后带着胜利的笑容走开。

另外，妈妈和去"苏州"吃饭的职业棒球选手也经常会有这样的对话。

"您儿子现在怎么样？"

"上高中一年级，在广陵的棒球队努力训练呢。"

"哎？进广陵了？太令人期待了，希望他有天能进广岛鲤鱼队。"

对妈妈而言，我曾是她引以为豪的儿子。

现在倒好，我来了个一百八十度大转弯，一下变成了逃学旷课的不良少年，而且没有父亲可以商量，当时妈妈内心肯定忐忑不安。

但是，那时我根本顾及不到妈妈的感受。

靠体育特长被保送到广陵后，我在佐贺成了名人。如果今年广陵高中能参加甲子园大赛，我却没有出场，人们肯定会说：

"那家伙怎么搞的？"

"看来也没什么大不了的。"

我会成为大家的笑柄。再也不能回佐贺了。

我满脑子烦恼的都是自己这些微不足道的面子问题，根本不理会周围的世界。

或许，周围的人都认为我肯定完了。

对于一直专心打棒球的人来说，如果失去了棒球，无异于一无所有。

事实上，我从小学习就不好，进入高中后更是全身心地投入到棒球训练中，即便现在回到教室里，也什么都听不懂。

对于人生，我彻底放弃了。然而，妈妈却没有放弃。

从那以后，我基本没有正经上学，但妈妈还是和老师商量，想方设法让我进入了一所私立大学。

但是，那时我的的确确是个大浑蛋。妈妈交了一大笔学费让我上了大学，我却几乎不去上课，而且没多久就退学了。

即便如此，妈妈也并没有对我抱怨。

两年后，我又嚷着"想去大城市"，最后还私奔了。但是，听说那时妈妈曾说：

"虽然对不住一起私奔的那个姑娘的父母，但我能理解昭广的心情。小时候被寄养在许多人家里，好不容易回到了妈妈身边，很快又被寄养到佐贺。然而，那孩子并没有走入歧途，而是全身心地练习棒球。好不容易进了广陵，也能和我生活在一起了，本以为能过上和别人一样的幸福生活，却又受了重伤。我能理解他想去远方的心情。"

不是的，妈妈。我只是任性地撒娇而已。

那时我还不懂事，自尊心又强，自己也觉得很痛苦，只能那样做。

在任何时候，妈妈都会站在儿子的角度为我考虑。一想到这深厚的母爱，我至今依然觉得心里暖洋洋的。

十 妈妈，我要去大阪

二十岁时，我离家出走了，确切地说是私奔了。和我一起私奔的就是现在的妻子。

说实话，如果没有妈妈在背后推我一把，那次私奔绝不可能变成现实。

那时我年仅二十岁，虽然和女友约定要私奔，实际上内心十分胆怯。本来离家出走应该默不作声地悄悄离开，我却可怜巴巴地希望遭到阻拦，竟然毫不隐瞒地对妈妈说："妈妈，我想去东京。"

我在东京连工作都没定下来，但妈妈不仅没有阻拦，反而鼓励我说："知道了，加油干吧。"

我本来想说"妈妈，别说这么不负责任的话"，却实在说不出口。

没办法，我只好开始往旅行包里装行李。这样做并非下定决心要走，想半夜悄悄开溜，只是为了能让家人发觉后拦我一把。

其实如果不想走，完全可以不走。但二十岁的男人既然和女友约好了，就不能不采取行动。谁让我当时正值争强好胜的岁数。

因此，我随便挑了些内衣和外套塞到旅行包里。

"嗯？"

突然，我注意到旅行包里出现了我并没有放进去的东西。

"真奇怪。"

正这样想着，又发现不知从哪儿伸过一只手，把一台收音机塞进了包里。

"妈妈，你在干什么？"

"我想，带上这个会很方便。"

不知怎么回事，妈妈竟然在主动帮我收拾行李。

"昭广，这个也需要吧？"

"还应该带上毛巾。"

听到有人叫我，回头一看，住在一起的哥哥和嫂子竟然也手拿毛巾和手电筒站在那里。

怎么能这样对待别人的人生？

"你们别胡闹了！"

不知为什么，我突然觉得很荒唐，那天晚上直接蒙头大睡了。

但是，到了第二天早晨，更加荒唐的事情发生了。

"昭广，快起床！"

我被妈妈叫醒了，揉着眼睛看看表，才六点钟。我又钻回被窝。

"如果不快点去，就要迟到了。"

那时，我辞去了工作，整日无事可干，对我来说，哪还有什么迟到可言？

"迟到什么呀？"

我在被窝里不耐烦地问。

没想到妈妈竟然说出了让人无法置信的话："离家出走呀。"

我猛地一下坐起身，甩下一句："离家出走没有迟到！我不去什么东京！"然后又盖上了被子。

但是，妈妈不依不饶。

"男人一旦说出口，就要坚持做到。大城市十分有趣，肯定适合你。东京在等着你呢，你适合在东京发展。"

看妈妈那热心劲儿，真搞不清她到底想劝我干什么。

紧接着，家门外竟然响起了汽车喇叭声，哥哥的喊声也随即传来："喂，车已发动好了。"

这一家人似乎千方百计想让我离家出走。

我这样想着，最终还是下定决心坐上了车。

直到后来我才听说，家里人似乎都没想到我会真的去东京，才跟我闹着玩。托他们的福，我顺利地兑现了私奔的约定。

我和妻子没有任何目标就去了东京，几经周折，最后我开始在大阪学习说相声。

学习说相声的时候当然很穷，仅靠妻子的工资租了一间只有四叠半大的房子。

有一次，妈妈从广岛过来看我们。

"哎呀，你竟然住在这样的地方。"

看着狭小破旧的房间，妈妈一会儿看看我，一会儿看看妻子。

"不过，和阿嬷的房子相比算是新式的了。"

"说什么呀。阿嬷的家虽然破旧，但是很宽敞。律子，真是让你受苦了。"

妈妈低头向我妻子致歉，然后，她提出想去看看我工作的地方。

我在吉本兴业的剧场"梅田花月"上班，当时还是学徒，不能登台演出。即便如此，我也希望让妈妈知道我的奋斗目标是在舞台上表演，便拜托剧场的负责人，让他允许妈妈看一场演出。

"当然可以。伯母，您慢慢看。"

负责人还为妈妈准备了椅子。

吉本在佐贺和广岛都没有剧场，也没在那边的电视节目中露过面。妈妈第一次看到吉本的艺人和吉本新喜剧。

我也是在大阪第一次看到吉本，因为觉得太有意思了，才深受感动，立志做一名艺人。但我略微有点不安，担心妈妈不喜欢相声演出。

妈妈大笑着看完演出后，对我说："你也要争取快点登台表演。"我这才放下心来。

仔细想来，一般的父母大多极力反对孩子做艺人。妈妈却不一样，她从女子学校退学后就直接去宴会上演出了，看来我的担心是多余的。

看完演出，傍晚等妻子下班后，妈妈请我们去吃中餐。然后三人说说笑笑地回到我破旧的房间。

"房间这么小。"

尽管妈妈这样说，却坚决不住宾馆，非要三个人挤着睡下。我不禁感叹，看来妈妈从来不会乱花钱。

妈妈只住了两天，就要回广岛。把妈妈送到新大阪车站后，二十岁的我又变回了"哭鼻虫昭广"。

尽管是自己要离家出走，和妈妈告别时却感到无比落寞。

"妈妈，我把你送到冈山吧。"

当时，新干线没有直接通到广岛，必须从冈山换乘，我想把妈妈送到冈山。

"送我到那儿？有钱吗？"

"啊？没有。"

"真是个傻孩子。"

妈妈有些惊讶，可还是为我买了一张车票。我感觉像在旅行一样，和妈妈尽情享受了新干线之旅。

快乐的时刻总是转瞬即逝，我们很快就到了冈山。

"那你怎么回去呀？"

听到妈妈这样问，我才意识到自己根本没有仔细考虑后果，但无论如何也不好意思再张口让妈妈给我买票了。

"看情况吧。"我无力地说。

"看情况？真是的。给，把这个拿去。"妈妈竟然把钱包都给了我。

"可是，妈妈你呢？"

"我已经买好了到广岛的票，没关系。里面也没有多少钱，拿去吧。"

我庆幸地收下了钱包，然后又坐新干线回到大阪。后来才听说，妈妈回家后对哥哥发了一大堆牢骚：

"连零钱都给他了，从广岛站到家的汽车票也没法买，只好走回来。口渴了也不能买点喝的。啊，真是累死我了。"

看来不考虑后果的做事方式，妈妈和我半斤八两。

十一　妈妈成了女企业家？

之后又发生了很多事情，不过我终于实现了梦想，成了一名相声演员。而且，我还极为走红，甚至被称为引发相声热潮的人。

　　人生中真的不知道会发生什么事情。

　　如果能一直打棒球，凭我的身高很难进入职业棒球队，估计顶多成为一名业余棒球选手，或者进公司上班。

　　那样的人生或许也不错，但从是否有趣的角度看，我觉得现在的人生最好。

　　我不知道当初是谁从什么地方发球，打到了我身上，现在，我甚至对那个人心怀谢意。

　　由于成了相声演员，我有机会送给妈妈一件意想不到的礼物——那就是"在电视上唱歌"。

　　那个时候，有个叫《明星家族歌唱对抗赛》的节目，让明星艺人和家人一道，进行歌唱比赛。

　　在这个节目中，还有阵容豪华的乐团现场伴奏。连对唱歌多少有些自信的人，一般也很难配合现场的管弦乐队唱好。

　　但是，妈妈不一样。她是专业的宴会歌手，而且经验丰富。

彩排时顺利地唱完后，妈妈说："啊，实际比赛时要再提高一个音,因为一紧张就会发出更高的音。"竟然提出了专业歌手般的要求，真让人受不了。

最终，我们有幸参加了三期节目，结果每次妈妈都得了歌唱奖。

妈妈一直都在说："我本来想当一名歌手。"

我想这是我对她最好的孝敬方式了。

我还想再送给妈妈一件礼物。

我听说妈妈曾对别人说："昭广这孩子从小就没在我身边，好不容易可以在广岛一起生活了，他却受了伤，后来离家出走。看来我命中注定无法和他生活在一起。"

于是，我想让她来东京和我同住。

妈妈之前一直住在自己建造的房子里，和哥嫂一家一起。而那时，她又开始独自生活了。

即便辞去了"苏州"的工作，妈妈也不是那种老老实实待在家里抱孙子的人。

"我还年轻呢，我要自己干。"

她开始自己做生意。虽说是做生意，其实只是开了一家面向孩子的小小的煎菜饼店，不过生意还算红火。于是妈妈在小店附近租了房子，一个人住在那里。

我趁着走红，手头有点钱，决定在东京给妈妈开一家煎菜饼店，借此机会把她接过来。

我马上给她打了电话："妈妈，来东京吧。我给你开一家店。"

妈妈的回答却十分冷淡："你说得简单。我才不去东京呢。别的不说，尽管规模不大，我在广岛也有自己的店。你想让我怎么办？"

但是，打完电话后的第四天，妈妈竟然在东京出现了。

"妈妈，你的店呢？"

"你不是说要给我开一家吗？"

"不是，是广岛的店。"

"啊，已经委托给房产中介了，让他们随便处理吧。"

妈妈在电话里还生气地嫌我说得简单，可她做事比我简单多了。

总之，妈妈已经来了，我决定兑现诺言，送给她一家店。

既然要开店，最好选择生意能红火的地方。而且要送给妈妈，就想送家规模大的店。出于这样的考虑，我在新宿的中心位置租下了一百多平方米的铺面。

妻子和孩子都患有哮喘，所以我把家安在空气较好的所泽。可家离店铺太远了，我就为妈妈在市中心租了一套四居室的公寓。

妈妈第一次在东京生活，而且年龄也大了，一个人生活我不放心，让店里的工作人员和她同住。

"妈妈，这套公寓不错吧？要三十多万呢。"

听我这样说，妈妈只是微笑着说了声"谢谢"。

但是，后来听说妈妈对店员说：

"那孩子绝对说错了，肯定是三百万。"

我本来说的是房租三十万，而妈妈做梦也想不到会有这么贵的租金，认定我把花三百万买的房子说成了三十万。

总之，妈妈就这样开始了在东京的生活。

我被大家誉为相声热潮的发起人，实际上，我可以自负地说，广岛煎菜饼热潮的发起人同样也是我（或者说是我的妈妈）。

首先，在东京大规模经营正宗广岛煎菜饼的，妈妈的店应该是第一家。因为店开在繁华的新宿，从年轻人到公司职员再到一般家庭，都慢慢喜欢上了广岛的煎菜饼。

我可以挺起胸脯自豪地说，妈妈的煎菜饼店生意十分兴隆。

当然，最初很多人是冲着相声二人组 B&B 岛田洋七的母亲开的店才来的，但终归还是因为妈妈的煎菜饼味道出色，才会吸引更多的顾客。

因为妈妈曾在高级饭店"苏州"工作过，不管顾客是艺人还是企业的大老板，妈妈都一视同仁。

如果对我有过关照的人来到店里，妈妈顶多寒暄一句："平时承蒙关照，太谢谢您了。"绝不会和其他客人区别对待。

"因为那个人支付的价钱和别人一样。"这是妈妈的口头禅。

饭菜好吃当然是主要原因，但妈妈这种经营哲学也是让生意红火的重要因素。

掌管着生意红火的煎菜饼店，妈妈工作起来真可谓神采奕奕、容光焕发。

后来，我趁势又把店铺开到两家、三家，而且都是在东京的黄金地段开的大店铺，如涩谷一〇九大楼前的店有一百六十多平方米，高圆寺的店也将近一百五十平方米。

要说我有些得意忘形也对，不过，因为营业额不断提高，税务师总是劝我："从税金对策考虑，建议您再多开一家店。"

不知不觉中店铺逐渐增多，后来居然开到了六家。每家店的规模也都相当大，从业人员达到近百人。这样一来，与其说妈妈是煎菜饼店的老板娘，不如说她是一位女企业家。

就像以前管理"苏州"时一样，妈妈仍是那种不面面俱到就绝不罢手的人。她每天都坐着出租车，到各家店里巡视，将"妈妈的做菜要领"和"妈妈的经营理念"贯彻到底。

正因如此，每家店铺的生意都极其火爆，结果连能干的妈妈也有些忙不过来了，因为光是每天坐着出租车去各店收集当天的营业收入，然后再放进保险箱，就能把一天占得满满的。

妈妈开始叫苦了，这或许是她生来第一次抱怨。

"昭广，咱们不干了吧。这可能是奢侈的烦恼，可六家店实在忙不过来了。"

即便一直精神抖擞，可妈妈毕竟已年过花甲，我也感觉这样下去确实受不了。我们果断地把店铺关了。

人生中结束某些事情的时机真的很重要。如果一直在那些黄金地段开店，在后来的经济低迷期肯定会赔得很惨。

我想，妈妈真的是一个很走运的人。

十二　　妈妈成了电视主持人

煎菜饼店关张后，我希望妈妈过上悠闲的生活，就让她在所泽的家里和我们同住。

　　可是没过多久，却有一个意想不到的企划摆在我们母子面前。

　　电视台向我们发出了邀请："洋七先生，在早间时段的综合资讯节目中，想请您和您母亲一起主持专栏节目。"

　　"啊？妈妈虽然唱歌好听，但能当主持人吗？"

　　尽管我这样想，妈妈却说：

　　"我早就想到，早晚有一天会有人来找我上电视。"

　　她竟然自作主张地答应下来。

　　"在节目里，可以安排您去想去的地方。第一站打算去哪儿？"节目负责人问道。

　　妈妈毫不客套地说："会津磐梯山，因为我喜欢那首同名的民谣。"

　　"噢，想去会津磐梯山呀。好，还有吗？"

　　"小仓，我喜欢《无法松的一生》①。"

---

①一部脍炙人口的日本电影，故事发生在北九州岛的小仓。

"好的，好的，去小仓。"

妈妈毫不顾忌正走红的儿子是否有时间，不断制订计划。最后，我和妈妈搭档，共同主持每周一次的十五分钟的节目。

说到具体内容，类似现在所说的旅行栏目，我和妈妈去全国各地，品尝当地的特色菜，冒冒失失地进入当地人家中，用冰箱里的食材做晚饭。

栏目的名称是《洋七和秀子女士的先锋 COOKING！》，每次节目开始时，我们两人都要说一遍栏目名称。但是，就算妈妈是"时髦女郎"，可她毕竟出生于大正时代，总也记不住英语，一般都会说成"先锋 COOKOKA"。

尽管只是一周一次的十五分钟的节目，但外景拍摄就需要两天，正式播出时还要在摄影棚里，一边观看外景拍摄的录像一边现场录制。所以，一周有三天都要用到这个节目上。

妈妈那时已经六十五六岁了，我感觉这对她来说是很重的负担。但是，她本人似乎觉得十分有趣，确切地说，能为电视节目忙碌让妈妈分外自豪。她买了一个记事本，就连没有工作的日子里，也会自己胡乱填上"外景、外景、外景"，"录制、录制、录制"。

"电视台的工作特别忙。"

妈妈总是得意地打开记事本，到处给人看。

特别是现场直播那一天，因为早上开工早，总有一辆包租车来所泽的家里接妈妈，这让她感觉格外风光，早早地就对邻居们说：

"三天后会有包租的高级车来接我。"

"后天早晨要早起。"

"因为明天有直播，早晨必须早起，真是麻烦。"

到了当天，本来车在五点半来，而妈妈总是两三点钟就起床，说：

"必须请司机喝杯茶。"

她乐颠颠地作准备，弄得我妻子也睡不踏实。

说到节目的口碑，妈妈独特而风趣的表达方式深受大家欢迎。

不过，擅长在宴会上表演的妈妈，一看到摄像机就紧张。

"五、四、三、二、一——开始！"

"我是秀子，今天来到了奈良的京都。"

哎哎哎哎？这些只有外行人才会犯的错误，却有专业艺人无法模仿的趣味。

那时，我们正在奈良的公园里，一群鹿围过来要吃妈妈手里拿的碎饼干。

"喂，现在正录节目呢，太不懂礼貌了。"

"我不是告诉你们正在录节目吗？"

妈妈真的对鹿发火了，最后还砰地打了一只鹿的脑袋，惹得全体工作人员都笑疼了肚子。

就像前面提到过的，在这个栏目中，妈妈要用别人家冰箱里的食物做饭，还要介绍制作要领。有一次，看见冰箱里有猪肉，妈妈就做了炸猪排。

"秀子，下面要录制了。五、四、三、二、一——开始！"

"今天的要领，就是做炸猪排最好选用猪肉。"

"好，OK！"

因为妈妈说得太自然了，那一瞬间大家都没有注意。居然说炸猪排最好选用猪肉，难道不正因为用猪肉，才叫炸猪排吗？！

总之，妈妈总是一本正经、十分严肃，并没有特意逗大家笑，而这恰恰十分有趣。所以即便说错了也会直接播出来，很多时候，就算重新录制了一遍，最后还是用说错的版本。

另外，妈妈和我的对话方式也是栏目大受欢迎的重要原因。

我是相声演员，总是想方设法说些奇怪的事情逗大家笑。相反，妈妈却认真严肃，对我的做法毫不附和。

如果我揶揄当地的大婶，妈妈会在一旁道歉："这孩子不懂事，您别在意。"

如果我说得夸张了，妈妈又会无可奈何地皱着眉头说："总爱撒谎。大家别信，他在撒谎。"

如果我说些奚落的话，妈妈就会深深地低下头，说："说话太刻薄了，真是对不起。"同时还会戳我一下。

不用说观众了，连工作人员都觉得特别有意思，比如栏目导演森田先生就打心眼里欣赏妈妈的性格。

不知是否出于这个原因，尽管只是十五分钟的专栏节目，工作人员却越来越投入，最后竟然去了利尻岛和礼文岛拍摄外景。森田先生坚持要带上水下摄影师，想把采马粪海胆的场景拍下来。

对于我们母子来说，能一起去利尻岛和礼文岛，确实是难得的机会，当然很高兴。外景拍摄完毕后，看着录像带进行的现场直播也很顺利。然而就在全部结束的那一天，却出了问题。

录制完毕后，我们像往常一样边吃饭边商量下次的录制。在餐桌上，制片人突然大发雷霆。

"喂，森田！先锋COOKING确实很受欢迎。可是，十五分钟的节目花掉三百五十万，太过火了吧！"

这次外景拍摄竟然花了三百五十万日元。

在制片人的训斥下，包括森田在内的所有工作人员都耷拉着脑袋不说话了。在一旁看着森田沮丧的表情，我也觉得他的做法确实有些过火了。

就在这时，妈妈忽然充满自信地开口了：

"所以我不是说了吗？用不着带上那些钻到水里去的人。"

这种场合最好别说话，妈妈却和制片人一起谴责森田先生，这可怎么办？而且说什么"钻到水里去的人"，难道是指水下摄影师？

我出了一身冷汗。但因为妈妈插上这么一句奇怪的话，反而缓和了气氛，事情总算过去了。

外行人的确具有很大的优势。

我们的专栏节目一直持续了两年半的时间，我和妈妈借此机会去了一百多个地方旅游。

本以为我和妈妈命中注定很难生活在一起，但仔细想来，即便是在一起生活数十年的母子，能结伴去一百多个地方旅行也不多见。

而且，在节目播放期间，妈妈感觉自己也成了艺人。这样一来，原本就很时髦的她，连服装也自己买，在修饰上下了一番功夫，整个人都精神焕发。

至今我依然感谢节目的制片人，因为他让我有机会好好地孝顺妈妈。

十三　妈妈沉迷于游玩？

结束了每周担任电视节目主持人（尽管只有十五分钟）的重大工作后，妈妈终于开始了闲居生活。

"不用干活就能吃饱饭，简直像公主。"

起初妈妈还算知足，但她骨子里是那种做任何事都不做彻底绝不罢休的人。

尽情享受闲居生活当然也不错，但后来妈妈总是缠着我要钱，开始尽情游玩起来。

我工作繁忙，并非每天都能回家。但是每次见面，妈妈都会跟我要钱：

"昭广，给我一万日元。"

"你先借我两万。"

后来甚至发展到对我一伸手，说：

"我帮你把衬衣熨好了，快，给我五千。"

妈妈住在我家，当然衣食无忧，我每月还给她五万元零用钱。哥哥每月也会往妈妈的账户上汇钱。

于是我问妻子，妈妈每天到底都在干什么。妻子说："白天好像大多去健身俱乐部，妈妈还是唱卡拉 OK 的名人呢。"

擅长唱歌的妈妈，似乎成了附近老年人的偶像。可健身俱乐部有那么贵吗？

我接着追问妻子："不对，肯定还有更花钱的玩法。"

"哎？倒是经常和朋友出去旅行，一般会在外面住一晚。"

"旅行？那确实比较花钱。"

"不过，一般都是参加一些很便宜的旅行团，如两万九千八百元巡游东北、一万九千八百元游览伊豆的修善寺之类的。"

这价格便宜得让人吃惊。

最终我得出了简单的结论，就是妈妈要去健身俱乐部、要旅行，还要时常买件和服，自然开支就多了。

妈妈确实经常去旅行。有一次，当我因工作关系住在酒店时，妻子突然打来了电话："喂，妈妈没有回来。"

"咦？从什么时候开始的？"

"两天前。"

"这有什么，肯定去旅行了。"

"但是，她一般只在外面住一个晚上。"

"你知道她去哪儿了吗？"

"嗯，是伊香保温泉。"

"妈妈肯定觉得那地方不错。没关系，如果有什么事，她会跟我们联系的。"

"这样啊。"

就这么挂掉了电话。但是，五天后妈妈依然没有回来，妻子十分担心，忍不住给温泉打了电话。

随后妻子又打给我："喂，听说妈妈在工作。"

"咦？在哪里？"

"伊香保温泉。"

"什么？"

"听说在妈妈刚住下的那一天，温泉那边原本只有两个人会弹三味线，但其中一位请假了，结果乱成一团。妈妈就主动提出可以顶上去。"

看来不管在哪儿，宴席表演都很受欢迎。结果那次妈妈竟然离家达一个月之久。

妈妈回来后对我们说，那天她碰巧经过走廊，听到有人在打电话："对不起，今天某某请假了，弹三味线的节目就……"

要拒绝客人的要求，老板娘的声音听起来十分为难。于是，妈妈忍不住开口："啊，如果是三味线，我倒可以弹。"

起初老板娘还有些犹豫："就算您说会弹……"

但是，妈妈为她弹奏一曲后，老板娘立刻赞叹不已，一定要拜托妈妈去弹三味线。

那一带原本只有两个人能弹三味线，于是之后的日子里，每天都有人争着抢着请妈妈去弹。

"你看，他们还给了我这么多小费。"

在旅馆住了一个月，居然还能赚一笔钱回来的，估计只有妈妈这样的人了。

我突然想到一件事情，赶紧问道：

"妈妈，你不会四处宣扬自己是岛田洋七的母亲吧？"

"噢，这个嘛，昭广，你听我说呀。妈妈故意把你的照片掉到走廊上，然后边走边说，'哎呀，把儿子的照片掉到地上了。'大家都会帮我捡起来，但马上就递给我，也不仔细看，所以很难知道你是谁。"

"您在干什么呀！"

"所以，妈妈一遍一遍地把照片掉到地上。一般需要三次，才有人说，'咦？这不是岛田洋七先生吗？'妈妈才终于可以说，'是的，我就是岛田洋七的母亲。'"

真不知妈妈在伊香保温泉到底干了什么。我已经不敢再接着往下问了。

妈妈是典型的溺爱孩子的家长，在我说相声刚刚走红的时候，妈妈就曾在接受采访时说：

"我一直觉得这孩子肯定会有出息。"

正因为有如此相信我的妈妈，我才没有误入歧途，才能努力到今天。

去健身俱乐部、去旅行、去各地散心的妈妈，有一次突然提出，想把妹妹们叫到家里玩。

大家基本都到退休年龄了。妈妈想把她们从广岛和九州叫过来，悠闲轻松地叙叙旧。

当然，我和妻子都十分赞成。

很快，妈妈的妹妹们，也就是我的四个姨妈全都来到所泽的家里。包括妈妈在内，五个老太太聚集在客厅的场景堪称壮观。

我随口说了一句："姨妈们，你们不用着急，在家多住些日子。"

然后我就出去工作了，我想她们可能会在家里住上一周。可是，等我回到家，下次又回到家，甚至在我离家一个月后再回到家，发现姨妈们还在。

我妻子每天都和她们悠闲地聊天，相处得非常融洽。

不知为什么，每当我说着"我回来了"出现在客厅时，她们都哄堂大笑。原来大家正在大谈特谈我从小至今的一些糗事，说得津津有味。

最后，姨妈们在我家住了半年！

"不用着急，在家多住些日子吧。"

我暗下决心，再也不会说这种话了。

这样尽情游玩的妈妈，总是精神抖擞的妈妈，有一天突然感觉身体不舒服。

妈妈的年纪也大了，我们让医生仔细检查一下，结果被残酷地告知妈妈患了 C 型肝炎。

C 型肝炎是一种慢性肝病，大多情况下，人在感染后没有任何感觉。感染途径是血液或注射器。

一向和医院无缘的妈妈竟然感染上了这种病，唯一的可能就是我被寄养在佐贺时，妈妈曾住院一个月的经历。

从那时起，妈妈的身体就已经被一点点地侵蚀了。

在她给我买"小费号"自行车时，在她建议我上大学时，在她作为女企业家拼命工作时，在忙于外景拍摄时，包括在伊香保逗留时，妈妈的病情都在逐步加剧。我无法相信，也不愿相信，在那明媚的笑容背后，竟然在发生如此恐怖的事。

但无论怎样哭泣，怎样叫喊，都无济于事。

原本应该忧伤哭泣的妈妈，却平静地说：

"我想回广岛。"

十四　　医院和欢呼声

查出病情后的一段时间，妈妈往来于广岛的哥哥家和所泽的我家，在每家轮流住上几个月。但是，随着病情逐渐恶化，妈妈最终住进了广岛的医院。

或许是感到时日无多，妈妈说想看看在她以前开的小店附近流淌的小河。于是，一等有了空床位，我就让妈妈住进了一家能看到河流的医院。

那里离以前爸爸妈妈开居酒屋的地方不远，是充满妈妈青春时代回忆的地方。

在医院里，我知道了妈妈向我索要的钱的去处。

"在佛像那里，有一个存折。"

听说妈妈曾向我的妻子坦言：

"在演艺圈里，不知什么时候就不再走红了，所以，哪怕给他存上一万五千的，到时候也可能会派上用场。"

妈妈把缠着我要的一万、两万的零零碎碎的钱都为我存了起来。

那时我才第一次从妻子那里听说，妈妈往来于广岛和所泽时，总是把我们为她准备的新干线一等车厢的车票退掉。尽管身患重病，她却总是乘坐最便宜的晚间大巴来东京。

妻子边看存折边说："或许那个时候剩下的钱也都给存了起来。"

听到妻子的话，我想起了阿嬷曾把妈妈寄的钱存起来的往事。

那时，妈妈曾说："为什么要这样做？"

此时，我想把这句话原封不动地还给妈妈。

"为了我这样的人，为什么要这样做？妈妈！"

原本可以趁自己还好好的，把这些钱花掉呀。看来妈妈的确和阿嬷一模一样。

听医生说妈妈的日子已经不长了，我取消了所有的工作。

"艺人很难在父母临终前见上他们最后一面。"

我才不去理会这些约定俗成的说法，只想在妈妈临终前陪在她身边。

不，如果可能，我希望能一直陪伴在妈妈身边。

但是，男人真没用。如果是女人，不论妈妈变成什么样子，都会坚强地继续照料她。而每当看到妈妈被疾病折磨得憔悴不堪的面容，我都十分难受，刚要打开病房的门，泪水就立刻夺眶而出。

有时总算忍住了泪水，强颜欢笑走进病房，说："妈妈，感觉怎样？"但一看见妈妈的脸，马上又哭起来，还要患病的妈妈训斥我：

"你要是再哭，就给我出去。"

正如医生所说，妈妈一天比一天虚弱，但她刚强的性格一点也没变。

"妈妈，是我呀，知道吗？"

当我在枕边这样问时，妈妈总是不依不饶地说：

"天底下哪有不认识自己孩子的父母？"

被无情地告知妈妈只剩一周的日子时，我把在加拿大留学的大儿子宪昭叫了回来。

宪昭回来时，妈妈已处于病危状态。就算待在医院里，也帮不上什么忙，于是我叫上儿子出去走走。

医院四周既是充满妈妈青春回忆的地方，也是我儿时玩耍过、让我备感亲切的地方。

我和宪昭时不时说些往事，信步走着。

不一会儿，远处传来了欢呼声。我们走到了广岛市民球场旁边。

广岛鲤鱼队的经纪人正巧在入口处，他认识我，于是笑着上前跟我打招呼。尽管一度远离棒球，也无法参加比赛，但我依然无法割舍对棒球的喜爱，在艺人中是远近闻名的广岛鲤鱼队的铁杆球迷。

"洋七先生，晚上好。"

"啊，晚上好。"

"进去看看吧。"

"唔。"我没有说出"妈妈病危"这样的话，只是含糊地应答着，见儿子在点头，便姑且请他让我们进去。

爬上楼梯，走上观众席，我们发现球场正被一阵阵欢呼声笼罩：

"哇——哇——"

"噢——噢——"

管乐器的声音响彻夜空。

"啪、啪、啪。"

"啪、啪、啪。"

观众热烈的鼓掌声不时响起。

"啊，是洋七先生。"啦啦队的一个人发现了我。

"您来摇旗吧。"他笑着走向我，把沉甸甸的啦啦队旗帜递到我手上。

"啊，是洋七！"

"真的，是B&B的洋七。"

周围的观众渐渐注意到了我，向我投来期待的眼神。我双手紧握旗杆，开始从看台的右边往左边跑。

"哇——"

"洋七，好——"

我的四周回荡着欢呼声。

小号发了疯似的响起，众人都在呼喊，掌声如雷鸣一般。

大家都活着，跃动着，欢呼着，拍着手。

此时此刻，妈妈却在静悄悄地走向死亡。

我突然想到，这就是生活。

数不清的观众在尽情欢呼。但是，这些人也各自都有不同的喜怒哀乐。

两次、三次，我举着沉甸甸的旗帜奔跑在观众席上，感觉自己似乎悟出了什么道理。

我交还旗帜，冲依然在热烈鼓掌的观众挥挥手，然后走下看台。

"洋七先生，你要回去？"刚才的经纪人追了过来。

"嗯，今天先回去。"

"正好山本浩二先生也在，一起吃个饭吧。"

他说出了和我关系密切的球员的名字，努力想留住我，但我还是拒绝了，和儿子一起离开了球场。

我们背对着球场向前走，每走一步，都能感觉欢呼声离自己远了一步。

从和平公园旁边走过，在去往医院的路上，我突然对宪昭说：

"你记住，你可以让我费心，但是如果你让律子费一点心，我饶不了你。母亲是无价之宝。"

我并没有打算装腔作势，只是希望儿子能明白母亲的重要性。

一向调皮的宪昭似乎理解了我的心情，老老实实地回答："是。"

一回到病房，就听到妈妈在病床上呻吟的声音：

"疼……疼……"

护士问："要不要再打一次吗啡？"

已经没有任何治疗措施了，顶多能打些吗啡来止痛。

我在枕边问道："妈妈，打止痛药吗？"

"嗯，打吧……我想轻松些。"妈妈的声音极其微弱。

打完药后，妈妈很快静静地进入了梦乡。

尽管我取消了所有的工作，但有个电视节目，我无论如何也无法抽身。

我牵肠挂肚地一大早赶到东京。节目刚结束，哥哥的电话就打来了："昭广，妈妈走了。"

哥哥在电话的另一端哭了。

最终，我还是没能见上妈妈最后一面。

十五　妈妈留给我的

妈妈走了。我必须立刻返回广岛。

心里虽然这样想，可我的动作十分迟钝。

必须回去，快点！

但是，我又不想回去。一旦回去了，就要亲眼看到并接受妈妈去世的事实，这让我感到无比恐惧。

暂且先坐上了新干线，可心里总想着尽量晚点到广岛。

"车出故障就好了。"

"再开慢点吧。"

但是，新干线准点抵达广岛，而且眨眼间就到了家。

看到躺在被子里的妈妈，虽然一眼就明白她已经去世了，但并不像我想的那样。我对妈妈的离世没有真实的感觉。

真的不可思议，我看到妈妈平静的面庞，内心的某处一直在想："不对，不对，不是这样。"

或许这个打击太大了，反而没有真实的感觉。或许是因为内心深处不愿接受这个事实。

不知道为什么，总之，我的脑海中一直回荡着一句话：

"不对，不对。"

那天晚上在家中守夜。在我眼中，葬仪公司的人、前来吊唁的人看上去都像是临时演员。

"不对，这都是大家在演戏。"

所有的一切都分不清是真是假，只有守夜时喝的酒带有浓浓的现实的味道。

一杯酒下肚后，心神不定的我竟然出奇地平静下来。我这才明白守夜时喝酒的意义。

第二天，为了举行葬礼，要把妈妈抬到寺庙。

哥哥对我说："你从小就离不开妈妈。那么喜欢妈妈，这次就由你带妈妈去吧。"

就这样，我把妈妈的遗体抱到车上。但是，搬着已变得很轻的妈妈，我依然没有眼泪，心中仍然在响着大合唱：

"不对，不对。"

在"不对，不对"中，妈妈的葬礼顺利结束了。

此后已经过了将近十年，我心中依然偶尔会响起"不对，不对"的声音，依然无法完全接受妈妈去世的事实。

"等我死后，你们要在我的灵前摆上鲜花。我可不想只喝酒。"

按照妈妈生前的嘱托，妻子在这近十年中每天都会在佛龛上摆放鲜花，从未间断。但是，我一次也没有坐在那个佛龛前，顶多会一边换衣服一边冲着佛龛说：

"妈妈，我走了。"

即便去墓地，我也只会在相隔五六米的地方对妈妈说："妈妈，好久不见了。"绝不会从正面合掌礼拜。

或许我认为,如果合掌礼拜,就意味着妈妈已经不再是有血有肉的人,而是成了亡魂。

人为什么会死呢?

妈妈死后,我曾无数次、无数次地这样想;也曾无数次、无数次地感受到父母健在是多么美好。

如果妈妈还在,只要她还活着,我就能继续做一个孩子。

如果做错什么,妈妈会批评我。如果有什么事情,妈妈也会帮我出主意。

"都这么大岁数了,还说些孩子气的话。"

别人肯定会说我,但至少妈妈是一直这样支撑我的人。

由于妈妈的离去,我失去了人生的巨大支撑。这种丧失感过于强烈,无法用任何东西来填补。

但是,在妈妈去世后不久,站在相声舞台上的我,注意到观众的反应和以前完全不一样了。

在我像偶像一样大红大紫时,只要别人一介绍我,观众马上会发出"哇——哇——"的欢呼声,相声说完后,依然会响起同样的欢呼。现在却不一样了。

如果介绍说:"接下来是 B&B 登场。"下面会响起"噢——"的喊声。说完相声离开舞台后,能听到"真不错"和"真有意思"之类的评价。

我想,妈妈的舞台也是如此。

在"苏州"的宴会上,只要听到介绍"最后是秀子女士登场",人们都会发出"噢——"的喊声,等妈妈表演结束后,也能听到"真好啊"之类的感叹。

我想，自己终于和妈妈有点像了。

妈妈向来都是充满自信，毫不迟疑地努力做着自己喜爱的工作。

在这个没有妈妈的世上生存的确很痛苦，但是，只要有舞台，我感觉自己依然能坚持努力下去。

以妈妈为目标继续努力，或许能成为我新的精神支柱。

另外，比妈妈小一点的喜佐子姨妈，对我来说也是莫大的安慰。

喜佐子姨妈性格开朗，又容易感动流泪。和她交谈时，经常感觉她和妈妈的身影重叠在了一起。

还有一个人，就是已经七十岁的晃舅舅，最近我感觉他说的话和阿嬷简直一模一样，让我很吃惊。舅舅风趣开朗，让我十分敬佩，真希望自己将来也能成为这样的老人。

除了上述两位老人，还有许多亲戚，都是阿嬷和妈妈留给我的最好的宝物。

我希望有一天可以从正面合掌礼拜妈妈，能从真正意义上送走妈妈。

我一边穿着外套，一边冲着今天同样装点着鲜花的佛龛说：

"对不起，妈妈，您再让我撒会儿娇吧。"

妈妈肯定无可奈何地笑着说：

"真拿你这个'哭鼻虫昭广'没办法。"

后 记

我自己都感觉这本书充满了恋母情结，因为整本书写的都是关于妈妈的事情。

忘了具体什么时候了，我曾经把妈妈缠着我要钱，然后为我存起来的事告诉北野武，结果他惊讶地说：

"我家也有过同样的事。"

他还说："我呀，用现在的话说就是有恋母情结。不过，男人都有恋母情结。"

是的，恋母情结这种说法本身就不对。

所有的孩子都喜欢妈妈。全世界的妈妈也都会为孩子着想，会做同样的事情。

所以，如果您读了这本书并为之感动，请您一定要侧耳倾听您的父母、爷爷奶奶和周围的老人们的话语。

我擅长倾听阿嬷和妈妈的话，而这种情况并非特例。

比起我拙劣的文字，肯定会有更现实、更有说服力的话语为您打气加油。

最后，我想以妈妈给我的信中写过的一些话来结束这本书。

要在严厉的话语中寻找温柔。
要注意到温柔话语中的严厉。

如果你感觉痛苦，就要善待他人。
早晚有一天，你会得到所有的回报。

辛苦是获得幸福的准备活动，一定要坚持下去。

即便不明说让别人努力，只要自己努力，身边的人自然会跟着一起努力。

所有人都会被某些人嫌弃或讨厌，但没有关系。
你深爱的丈夫或妻子也会遭到某些人的讨厌。
所以不用在意，顺其自然地活下去吧。

妈妈，谢谢您！
有一天我们肯定会再次相遇。

岛田洋七
二〇〇六年十二月

266

图书在版编目（ＣＩＰ）数据

佐贺阿嬷：幸福旅行箱／（日）岛田洋七著；李炜译. -- 3版. -- 海口：南海出版公司，2018.10
ISBN 978-7-5442-9371-6

Ⅰ.①佐… Ⅱ.①岛… ②李… Ⅲ.①长篇小说－日本－现代 Ⅳ.①I313.45

中国版本图书馆CIP数据核字(2018)第163967号

著作权合同登记号　图字：30-2007-002

GABAIBAACHAN NO SHIAWASE NO TORANKU
Text Copyright © 2006 by Yoshichi SHIMADA
Illustrations Copyright © 2006 by Jiro IHA
GABAIBAACHAN SPECIAL KAACHAN NI AITAI
Text Copyright © 2007 by Yoshichi SHIMADA
Illustrations Copyright © 2007 by Jiro IHA
Original Japanese edition published by TOKUMA SHOTEN PUBLISHING CO., LTD., Tokyo.
Chinese version in China published by Thinkingdom Media Group Limited.
under the license granted by TOKUMA SHOTEN PUBLISHING CO.,LTD.
through DAIKOUSHA Inc., Kawagoe.
ALL RIGHTS RESERVED.

佐贺阿嬷：幸福旅行箱
〔日〕岛田洋七　著
李炜　译

出　　版　南海出版公司　（0898)66568511
　　　　　　海口市海秀中路51号星华大厦五楼　邮编 570206
发　　行　新经典文化有限公司
　　　　　　电话(010)68423599　邮箱 editor@readinglife.com
经　　销　新华书店

责任编辑　翟明明　张　锐
特邀编辑　贺　静　江起宇
装帧设计　李照祥
内文制作　田晓波

印　　刷　北京中科印刷有限公司
开　　本　890毫米×1270毫米　1/32
印　　张　8.5
字　　数　197千
版　　次　2008年6月第1版　2018年10月第3版
印　　次　2024年5月第20次印刷
书　　号　ISBN 978-7-5442-9371-6
定　　价　45.00元